EURE LORDSCHAFT, DER KAPITÄN

Roman

C. Stöckl

Titelillustration: Christine Stöckl
Umschlaggestaltung: Buchschmiede

Druck und Vertrieb im Auftrag der Autorin/des Autors:
Buchschmiede von Dataform Media GmbH, Wien
www.buchschmiede.at

ISBN:
978-3-99129-366-8 (Paperback)
978-3-99129-364-4 (Hardcover)
978-3-99129-365-1 (E-Book)

PRINTED IN
AUSTRIA

Vorwort

Meine Idee für dieses Buch entstand ganz plötzlich im Jahre 2020 und ich freue mich, allen meinen Leserinnen und Lesern wieder ein paar schöne Lesestunden damit bereiten zu können!

Viel Spaß beim Lesen!

Christine Stöckl, geboren am 6.3.1969 in 3204 Kirchberg an der Pielach, in der schönen Soisgegend, Österreich!!

Die Meereswellen schlugen an den Felsen auf. Weiß zischte die Gischt des Wassers über den steinigen Strand des Meeresufers in der Nähe der Ortschaft Castletow.

Castletow lag an der nördlichen Spitze Schottlands. Dort wo saftige grüne Wiesen an den steilen Klippen endeten und man Tag und Nacht das Meer rauschen hören konnte. Unaufhörlich rollten die Meereswellen auf das Ufer zu. Flut und Ebbe waren sehr gut zu beobachten. Wenn man genau hinschaute, fiel einem auf, dass jede siebente Welle grösser war, als die anderen Wellen.

Am schönsten jedoch war es in einer mondhellen Nacht im Sommer dort spazieren zu gehen. Unweit von diesem wunderschönen Naturschauspiel stand ein uraltes Castle, welches vor hunderten Jahren die Vorfahren des alten Lords von Chambridge, welche aus England abstammten, erbaut hatten.

Wuchtig waren die uralten Steingemäuer mit den noch teilweise vergitterten Fenstern. Ein riesiges, massives Holztor verschaffte einem Zutritt in einen kleinen Innenhof, welcher jedoch nur ein kleiner Vorhof war, um von dort durch ein weiteres Tor, welches genau so wuchtig war wie das Erste, in einen großen schlossähnliches Hof zu gelangen.

Dieser große Innenhof war mit den verschiedensten Blumen geschmückt. Kreisförmige und eckige Blumenbeete waren hier liebevoll angelegt worden. Jedes Beet war farbenprächtig gestaltet. Es war hier wirklich jede Farbe und auch die verschiedensten Pflanzen vorhanden. Rundherum waren an jeder Seite des alten Gemäuers Holzbalkone mit schönen Schnitzereien angebracht, welche von Steinsäulen gestützt wurden. An jeder Steinsäule wuchs Efeu

hinauf, welcher sich teilweise auch schon an den Balkonen seinen Weg, weiter zu wachsen, suchte.
Zwischen den ganzen Pflanzen und Blumen waren kleine Wege aus grauen Steinplatten angelegt. An diesen Steinplatten konnte man die Jahrhunderte sehen, die dieses alte Gebäude samt dem wundervollen Garten schon auf dem Buckel hatte.
Eine kleine Bank wurde zwischen zwei grünen Büschen sichtbar. Dort saß der in die Jahre gekommene Lord von Chambridge und rauchte seine Pfeife.
Nachdenklich saß er da, seine Beine übereinander geschlagen. Seine linke Hand hatte der Lord über die Rücklehne der alten Holzbank gelegt und mit der Rechten hielt er seine geliebte Pfeife. Er dachte an früher. Seltsamerweise hatte er diese Gedankengänge an eine frühere Zeit jetzt des Öfteren.
Eine helle Frauenstimme riss ihn aus seinen trüben Gedanken. „Der Tee wartet schon auf Eure Lordschaft. Es ist angerichtet.“ Die Stimme seiner Haushälterin schallte durch den Garten. Lord von Chambridge riss es aus seinen Gedanken. Er dämpfte seine Pfeife aus, denn Lady Margaret sah es nicht gern, wenn im Teezimmer geraucht wurde.

Dann ging er langsamen Schrittes auf die offene Tür an der Westseite seines Hauses zu. Es empfing ihn die angenehme Kühle des alten Steingemäuers. Der Lord trat ein und legte im Vorzimmer, welches ganz in Grün gestaltet war, seine Pfeife in eine extra dafür vorgesehene Porzellanschale ab. Er wollte Lady Margaret nicht schon wieder verärgern, indem er seine Lieblingspfeife, von welcher er sich sehr ungern trennte, mit in den Teesalon nahm. Also hatte die Lady der Haushälterin befohlen diese Porzellanschale hier im Vorraum auf das Vorzimmertischchen zu stellen. Hier fügte er sich seiner Frau, mit der bald fünfzig Jahre verheiratet war, und die er über alles liebte und respektierte.

Im Teesalon saß Lady Margaret schon bei Tisch und erwartete wie immer, ihren Gatten freudig. „Komm, setz dich Friedrich." begrüßte sie ihn freundlich. Der Lord setzte sich langsam. Ihm taten heute fast alle Knochen weh, fast der ganze Körper schmerzte.

„Was macht dein Rheuma?" fragte sie ihren Gatten besorgt. „Ich selber habe doch tatsächlich ein paar Stündchen geschlafen." sprach sie ausgeruht weiter. Lord Friedrich antwortete, wobei er seiner Frau die Hand küsste. „Der Arzt hat mir eine Spritze gegeben. Die Wirkung dauert wie immer, etwas. Aber es ist schon viel besser geworden."

Die Haushälterin bemühte sich, den Tee einzuschenken, welchen der Lord immer aus England bestellte. Wehe, ihm wurde eine andere Sorte angeboten. Das wurde nur einmal versucht. Damit hatte man den alten Lord sehr verärgert. Seitdem war immer genug Vorrat von dieser speziellen Teesorte in der Vorratskammer.

Die Fenster im Salon waren geöffnet und die alten, schweren Stoffvorhänge bewegten sich leicht im zarten Hauch des Windes. Heute hatte man wirklich sehr schönes Wetter. Der Sommer war in seiner ganzen Pracht angekommen.

Maria, die auch schon in die Jahre gekommene Haushälterin, hielt die schöne Teekanne aus altem Porzellan in ihren Händen und schenkte vorsichtig und behutsam zuerst Lady Margaret und dann dem Lord das gute Getränk in ihre Tassen, welche dasselbe Blumenmuster wie die Kanne hatten. Hierauf hatte die Hausherrin ein wachsames Auge. Auf das alte Porzellan der Vorfahren ihres Gatten legte sie größten

Wert. „Danke, liebe Maria!“ sagte die Lady im selben Moment, und bat die Haushälterin noch höflich, die Butterkekse, welche Lady Margaret selber herstellte, doch ein bisschen in die Nähe des Lordes zu platzieren. Das bejahte deren Gatte dankend. Er liebte diese Kekse, sie schmeckten hervorragend.

Lady Margaret hatte das Rezept aus England mitgebracht. Sie liebte es zu backen. Nach ihrer Heirat hatte man in Chambridge besorgniserregend darauf reagiert, als man die damals junge Lady in der großen Küche sah, beim Plätzchen backen. „Dafür haben wir unsere Hausangestellten. Sie werden dir jeden Wunsch von den Augen ablesen.“ wurde sie von ihren, damals noch lebenden Schwiegereltern und den noch jungen Lord sanft darauf hingewiesen. „Aber, aber, mein Gatte hat doch auch seine Rosen, Blumen und Pflanzen…., und seine Pferde.“ hatte die junge Lady Margaret sanft lächelnd, aber bestimmt geantwortet. So hatte man sich dann rasch daran gewöhnt, die neue Hausherrin von Chambridge manchmal auch in der Küche vorzufinden.

Die Plätzchen mundeten der ganzen Familie Chambridge und bald gab es keinen Nachmittagstee ohne dieses Gebäck mehr.

Die Haushälterin Maria verließ nach dem Servieren den Salon und nun waren Lord und Lady von Chambridge allein.

„Unsere Maria ist auch nicht mehr die Jüngste.“ bemerkte Lady Margaret lächelnd. „Sie begleitet uns ja auch schon viele Jahrzehnte in unserem Leben.“ erwiderte der Lord und sah seine Frau verzückt an. Er dachte kurz zurück an die Zeit, wie er damals mit seiner frisch vermählten Gattin durch das erste, große wuchtige Tor schritt. Beim zweiten Tor angekommen, hatte sie dann ihre Arme einfach um seinen Hals gelegt und er hatte sie hochgehoben und sie dann in den

Garten getragen. Genau zu dieser Bank, auf der er heute wieder einmal so lange gesessen hatte.
„Liebe Margaret, unsere Maria ist ja auch schon fast ihr ganzes Leben in unseren Diensten. Vielleicht sollten wir ihr etwas mehr Ruhe vergönnen. Schließlich spüre ich selber auch schon sehr meine alternden Knochen. Nur du, meine liebe Frau bewegst dich noch wie ein junges Reh. Dir kann das Alter nichts anhaben.“ sagte dann Lord von Chambridge.
Sichtlich gerührt von dieser liebevollen Bemerkung lächelte Lady Margaret ihrem Gatten zu, während sie weiter ihren Tee tranken und sich an den Naschereien bedienten.
Ihr bereits begonnenes Gespräch vom „Alt werden“ führten die beiden jedoch weiter, bis Lady Margaret sagte „Lieber Friedrich, wir können uns doch einmal umhören, ob wir vielleicht eine zweite Haushaltshilfe finden, welche unserer Maria etwas zur Hand geht.“
„Das ist eine gute Idee. “ erwiderte der Lord von Chambridge.
Nach zirka einer Stunde ließ Friedrich seine Margaret im Teesalon alleine zurück. Er wollte jetzt seinem Garten ein bisschen Zeit widmen. Ein bisschen Zeit, war gut gesagt. Das formulierte er immer so. In Wirklichkeit verbrachte er täglich viele Stunden da draußen und bei seinen Pferden war es nicht anders.
Lady Margaret ließ sich ihre angefangene Stickarbeit bringen. Sie hatte ein riesiges Bild in Arbeit. Ein schönes Landschaftsbild wollte sie herstellen. Wenn das Gobelinbild dann fertig gestickt war, wollte sie es im Teesalon zwischen den zwei großen Fenstern an die Wand hängen lassen.
Lord von Chambridge war endlich langsamen Schrittes wieder im großen Mittelhof angelangt. Er musste einen Teil seines Weges wieder zurück gehen, da er seine

Pfeife im Vorzimmer vergessen hatte. Lord Friedrich stopfte seine Pfeife erneut, und zündete den Tabak dann an. So wanderte er durch seine Blumenbeete, vorbei an Rosen und Lavendel und noch vielen anderen Pflanzen und Blumen.

Wieder musste er an früher denken. An damals, als er mit seiner Margaret hier zuhause angekommen war und als die Haushälterin Maria, ein hübsches, junges Ding, bei ihnen, ihren Dienst begonnen hatte. Er begann so sehr zu grübeln, dass er wieder seine Bank aufsuchte und sich hinsetzte.

Alt waren sie geworden, alle drei zusammen. Dass Maria eine Unterstützung bekommen sollte, befand er als eine gute Idee. Maria musste aber trotzdem bei ihnen bleiben, auch dann, wenn sie einmal gebrechlich werden würde und wirklich nicht mehr arbeiten konnte. Von dieser guten Seele, die schon so lange bei ihnen diente, würden sie sich sicher nicht trennen. Der Lord von Chambridge nahm sich vor, dies noch zu einem späteren Zeitpunkt mit seiner Frau zu besprechen.

Der alte Lord blieb mit der Pfeife im Mund auf seiner Bank sitzen und überlegte weiter. Was würde aus Gut Chambridge einmal werden, wenn er und seine Lady Margaret irgendwann nicht mehr auf dieser Erde umher wandern würden? Dieses alte Gemäuer war schon viele hunderte Jahre in ihrem Familienbesitz. Von Generation zu Generation wurde es immer weiter gegeben. Immer war ein männlicher Erbe vorhanden, welcher diesen wundervollen Familienbesitz weiterführte und immer ein bisschen weiter ausbaute.

Lady Margaret hatte zwei Kindern das Leben geschenkt. Ein Jahr nach ihrer Hochzeit hatte sie einen Sohn geboren. Die Freude war sehr groß und es gab eine große Familienfeier auf Gut Chambridge.

Ihr Sohn wurde Matthias genannt. Lord Matthias von Chambridge. Sie hatten ihre helle Freude an ihm und sie beide, als Elternteile waren sehr stolz auf ihren Sohn.
Jetzt sah Lord Friedrich seinen Sohn in Gedanken als Kleinkind zwischen den Pflanzenbeeten umherlaufen. Er erinnerte sich noch an seine ersten Schritte, die dieser alleine zu gehen wagte, und dabei hellauf lachte.
Der kleine Lord wuchs heran, Pflanzen liebte er nicht so sehr wie sein Vater, aber mit den Pferden beschäftigte er sich sehr gerne. Zuerst hatte er nur ein Pony bekommen, aber als er größer wurde, ritt er bald im Erwachsenensattel mit seinem Pferd über Wiesen und Felder und hörte sich das Meeresrauschen an den felsigen Klippen an. Lord Matthias von Chambridge war ein unkompliziertes Wesen. Er träumte davon einmal Kapitän auf einem großen Schiff zu sein. Er liebte das Meer.
Wenn hier der alte Lord zu seinem Sohn sagte, er müsse einmal Gut Chambridge übernehmen, bekam er immer als Antwort, er wolle kein Lord sein, er wolle einmal ein großer, berühmter Schiffskapitän werden.
Ein weiteres Jahr nach der Geburt von Matthias erblickte Charlotta, ihre Tochter, das Licht der Welt. Endlich bekamen sie eine kleine Lady. Auch Charlotta wuchs als ein fröhliches Kind auf. Zum Gegenteil ihres Bruders, welcher keinen Wert auf seinen Titel als Lord legte, ließ sich Charlotta gerne als „Lady Charlotta" ansprechen. Beide hatten Privatlehrer bekommen und waren sehr gebildete Kinder.
Schließlich durfte der junge Lord Matthias von Chambridge eine Ausbildung zum Kapitän beginnen. Dazu musste er aber in England bleiben, und dass über ein paar Jahre. Es konnte ihm ja nicht schaden, einen

Beruf zu erlernen. Schließlich war der alte Lord von Chambridge ja auch einmal bei der Marine gewesen.
Lord Friedrich von Chambridge saß noch immer auf der Bank zwischen seinen Pflanzen und dachte weiterhin an seine Kinder.
Auch seine kleine Charlotta wuchs heran und wurde auf ein Internat geschickt. Dort sollte sie alles erlernen, was sie einmal als gute Ehefrau und Mutter können müsse.
Im Gegensatz zu ihrem Bruder protestierte Lady Charlotta, dass sie von Gut Chambridge fort müsse. Lord Matthias hingegen freute sich auf die große, weite Welt. Die junge Lady war aber das Gegenteil von ihrem Bruder. Sie wollte von ihrem Zuhause nicht wegreisen in eine Haushaltsschule mit Internat. Nach der Schule sollte sie noch ein Praktikum in einem Haushalt in besseren Kreisen absolvieren, was Charlotta kategorisch ablehnte. Ihre ganzen Einwände nützten aber nichts, hier musste sie sich fügen.
Der junge Lord Matthias war ein Kapitän geworden und er war sehr erfolgreich und glücklich auf hoher See. Lady Charlotta kam nach dem Internat zu einer angesehenen Familie in England, um dort Erfahrungen für ihr weiteres Leben zu sammeln.

Lord Friedrich von Chambridge hatte seine Pfeife fertig geraucht. Nun genug der trüben Gedanken, sagte er sich. Er erhob sich von seiner geliebten Holzbank, auf welcher er stundenlang sitzen und Pfeife rauchen konnte, und schlug seinen Weg zu den Stallungen seiner Pferde ein. Er wollte bei deren Fütterung anwesend sein. Die Stallungen waren hell und freundlich gestaltet und er wurde von seinem Lieblingspferd mit einem freudigen Wiehern begrüßt.

„Ich werde jetzt mein Pferd satteln und noch eine kleine Runde ausreiten." sprach der Lord seinen Stalldiener an. „Selbstverständlich, sehr gerne, ich werde Euer Lordschaft sofort behilflich sein, das Pferd zu satteln." antwortete dieser. Er holte Zaumzeug und Sattel aus dem Nebenraum. Friedrich von Chambridge stellte seinen linken Fuß in den Steigbügel und schwang sich auf den Sattel, welchen der Stalldiener dem Pferd schon angelegt hatte.

„Ich bitte Eure Lordschaft vorsichtig zu reiten und vor Anbruch der Dunkelheit wieder rechtzeitig zurück zu sein." warnte ihn sein treuer Diener noch mit einem mahnenden Blick.

„Ja, ich werde rechtzeitig wieder zurück sein, haben Sie keine Angst um mich. Ich bin noch immer gut und gesund zurück gekommen." antwortete Lord Friedrich und setzte ein kleines zufriedenes Lächeln auf. Dann nahm er die Zügel in die Hand und ließ sein Pferd langsam aus dem Hof traben. Die Stallungen waren ebenfalls aus altem, grauen Gestein erbaut, mit kleinen Fenstern, bei denen auch noch die alten Fenstergitter aus Eisen sichtbar waren. Auch die Stalltüren waren aus massivem Holz, genauso wie die Tore im Eingangsbereich des Castle, der Familiensitz der Lordschaften von Chambridge. Der Hof bei den Stallungen war mit roten Ziegelsteinen gepflastert, welche alle symmetrisch genau, Kante an Kante, verlegt worden waren. Er hörte die Pferdehufe auf diesen alten Pflastersteinen klappern. Diese Geräusche liebte der alte Lord sehr. Sie hörten sich für ihn wie Freiheit an, wie wild gewordene Freiheit, und diese Freiheit, wie er das selber so nannte, genoss er bei seinen vielen Ausritten.

Lord Friedrich von Chambridge ritt den Weg entlang, der von den Stallungen wegführte, um dann auf den

angrenzenden Wiesen sein Pferd galoppieren zu lassen. „Wenn ich das morgen meinem Arzt erzähle, na Bravo.“ schmunzelte er leicht über seinen gewagten Ritt.
Sein Leibarzt, welcher für die gesamte Familie zuständig war, wenn diese erkrankten, hatte ihm höflich, aber bestimmt untersagt, auszureiten. Er dürfe erst wieder auf sein Pferd, wenn sein Rheuma sich gebessert hätte. Morgen wolle er wieder vorbeischauen, und ihm, seiner Lordschaft eine Injektion verabreichen. Als sich der Arzt verabschiedete, ermahnte er ihn noch ein zweites Mal, nicht auszureiten und ja an seine Gesundheit zu denken.
Angekommen bei den felsigen Klippen, ließ er sein Pferd in einen langsamen Schritt verfallen, um dann zu stoppen. Er saß ruhig und entspannt im Sattel, die Zügel in den Händen haltend, und blickte auf das weite Meer hinaus. Das Rauschen der Wellen, welche an die Felsen aufschlugen, hörte der Lord von Chambridge nur zu gerne. Er sah zu, wie sich eine Welle bildete, das Wasser wieder zurück floss, um in einer neuen Welle wieder an die Felsen zu preschen. Vom Meer kamen große Wellen herein, welche die kleineren Wellen wieder dazu antrieben, gegen die felsigen Klippen zu rollen und das Wasser weiß aufschäumen zu lassen.
Es war ein Naturschauspiel ohnegleichen, wunderschön zu beobachten. Der alternde Lord hatte sein Rheuma vergessen. Er spürte pure Lebenslust und einen leichten Wind. Die frische Luft tat ihm gut und doch auch spürte er eine leichte Müdigkeit aufsteigen. Er registrierte die beginnende Dunkelheit und beschloss umzukehren. Keiner sollte sich Sorgen um ihn machen müssen. Er wendete sein Pferd, sah noch

einmal auf die hohe See hinaus, musste dabei kurz an seinen Sohn denken und machte sich dann wieder auf den Heimweg.
Heil kam er in seinem Pferdegestüt wieder an. Der Stalldiener erwartete ihn schon sehr besorgt und begrüßte seinen Herrn freudig. Das Pferd schnaubte, es wusste genau, dass es jetzt eine ordentliche Portion Hafer bekommen würde. So war es nach jedem Ausritt. Dem Lord wurde aus dem Sattel geholfen und das Tier wieder in seine Box geführt, um es zu versorgen.
Friedrich von Chambridge bedankte sich und machte sich auf den Weg zum Wohngebäude. Er wurde schon sehnsüchtig von seiner Frau, Lady Margaret erwartet. Die Haushälterin Maria hatte schon den Tisch im großen Salon gedeckt. Das frisch polierte Porzellan, welches mit lauter Wildtieren bemalt war, wurde zum heutigen Abendessen benutzt. Gläser, mit eingebranntem Goldrand zierten den Tisch. Das Essbesteck war aus echtem Silber. Lady Margaret legte großen Wert auf einen edel gedeckten Tisch. An diesem Porzellan hatte sie besonders große Freude, denn dadurch wurde sie immer wieder an ihre eigene Hochzeit erinnert. Sie hatte es als Geschenk von ihrer Mutter bekommen und sie dachte beim Anblick dieses edlen Porzellanservice‘s gerne an England, an ihr Zuhause, wo sie geboren und aufgewachsen war, zurück. Von dort war sie weggegangen, um den Lord von Chambridge zu ehelichen. Damals war der Lord unangemeldet vorbei gekommen, um bei Ihren ehrenwerten Eltern um ihre Hand anzuhalten. Kennengelernt hatten sie sich auf einem Pferdemarkt in London. Lady Margaret war ganz alleine am Gatter einer Pferdekoppel gestanden und hatte auf ihren Vater, Eduard Singburd gewartet, welcher Pferde besichtigen gegangen war.

Auf diesem Pferdemarkt wurde sie höflich von einem ihr unbekannten Mann angesprochen. Ob sie denn hier auf ihren Vater warten würde, wurde sie gefragt, dessen Frage sie höflich bejahte. Der unbekannte Herr stellte sich als Lord Friedrich von Chambridge vor und erzählte ihr, er würde auch an einem Pferdekauf interessiert sein. Deswegen war er extra nach London gekommen. Eine weite Reise war es immerhin schon, aber es würde sich lohnen, denn hier gab es immer die besten Pferde. Er reichte ihr die Hand, und sah sie nochmals prüfend an. Lady Margaret sah auch allerliebst aus in ihrem hellblauen Rüschenkleid und den dazu passenden Damenhut. Ein paar blonde Locken hatten sich von ihrer Frisur gelöst und hingen unter dem Hut hervor. Sie erwiderte seinen festen Händedruck und beide verabschiedeten sich mit einem kurzen Lächeln. Lange sah sie dem Herrn nach, bis dieser bei den Tieren angekommen war und sich dann mit den anderen Männern, welche dort anwesend waren, unterhielt.
Nichtsahnend, dass sie bald Lady von Chambridge sein würde, kam ihr Vater zu ihr zurück und sah sie aufmerksam an.
Lord Friedrich von Chambridge kam ein paar Wochen später zur Familie Singburd, um um die Hand ihrer ehrenwerten Tochter anzuhalten. Ihre Familie fühlte sich sehr geehrt, denn der Lord war ein ehrenwerter Mann. So wurde bald eine pompöse Hochzeit gehalten. Lady Margaret hatte keinen Tag bereut, diesen Mann geehelicht zu haben. Er behandelte sie immer wie ein Gentleman, wie ein echter Lord eben.
So war es auch beim heutigen Abendessen. Lord Friedrich war schon im großen Salon, als Lady Margaret den Raum betrat. Er begrüßte sie mit einem

Kuss auf die Wange und rückte ihr ihren Stuhl zurecht, damit sie sich ungehindert zu Tisch begeben konnte.
„Ich habe mir schon Sorgen gemacht um dich, mein lieber Friedrich. Ich habe gehört, dass du nochmals ausgeritten bist, wo doch dein Arzt es dir strikt verboten hat. Dein Rheuma muss sich zuerst bessern, bitte unterlasse das in Zukunft. Sonst muss ich in ewiger Sorge um dich leben." sagte Lady Margaret zu ihrem Gatten.
Friedrich setzte sich gegenüber seiner Frau an den großen Tisch. Eine gute Suppe wurde aufgetragen mit kleinen Grießknödeln darin.
Danach gab es noch Brot und allerlei anderes Gebäck mit den verschiedensten Aufstrichen dazu. Der Lord ließ sich von Maria noch ein Glas Rotwein einschenken, aber nur ganz wenig, wie er extra betonte, denn Alkohol war bei Rheuma laut Arzt nicht recht passend.
Die Haushälterin Maria zog sich zurück, um die beiden ungestört zu lassen.
„Was machen wir denn jetzt mit unserer Maria? Wie werden wir denn weiter vorgehen, meine Liebe?" fragte Lord Friedrich seine Lady Margaret. „Nun, eine Idee hätte ich da schon, mein lieber Friedrich." bekam er als Antwort. „Wie wäre es, wenn wir eine junge Dame einstellen würden, die unserer Maria ein wenig unter die Arme greift?" schlug Lady Margaret vor.
Lord von Chambridge nickte. „Das wäre schon eine gute Idee. Wir werden einfach demnächst unsere zwei Kinder einladen, vielleicht gleich über das nächste Wochenende und mit ihnen das besprechen."
Wirklich kamen bald darauf Matthias und Charlotta angereist und wurden liebevoll von ihren Eltern begrüßt. „Ich hoffe doch, dass ihr ein paar Tage bleibt." schlug der alte Lord von Chambridge vor und seine

Frau nickte zustimmend. „Gerne“ erwiderte Matthias und auch seine Schwester Charlotta stimmte sofort erfreut zu. „Wir haben nämlich etwas Wichtiges mit euch zu besprechen.“ schmunzelte Friedrich und sah seine Kinder lächelnd an.

Während die Haushälterin Maria vom Pferdeknecht Unterstützung beim Koffer Tragen bekam, denn alleine konnte sie die schweren Gepäcksstücke der jungen Lordschaften nur sehr unschwer ins Haus schleppen, und in den Oberstock noch dazu, wurden Matthias und Charlotta auch gleich in den Teesalon gebeten. Kurze Zeit später wurde den Lordschaften von Maria auch schon Tee mit feinem Biskuitstückchen serviert. „Wie ergeht es dir denn immer auf hoher See, mein Sohn?“ wurde Matthias auch recht bald von seinem Vater gefragt. „Danke der Nachfrage, Vater. Es geht mit sehr gut da draußen. Schließlich habe ich ja doch schon ein paar Jahre Berufserfahrung gesammelt und schon etliche Jungspunds sind bei mir auf hoher See in Ausbildung gewesen.“ lachte der junge Lord Matthias von Chambridge. „Sehr brav, mein Sohn. Nur wird es für dich bald an der Zeit sein, meine Funktionen als nächster Lord von Chambridge zu übernehmen. Mich plagt mein Rheuma immer mehr, und außerdem bin ich auch nicht mehr der Jüngste.“ sagte dann Lord Friedrich zu seinem Sohn.

Matthias von Chambridge zog augenblicklich seine Augenbrauen nach oben und sein Blick wurde sehr ernst. Seine strahlenden Augen trübten sich ein wenig. „Vater, du weißt, wie gerne ich Kapitän bin.“ erwiderte er. „Ja, mein Sohn, ich verstehe dich. Mir ist es damals nicht anders ergangen. Auch ich musste eines Tages für immer von meinem Schiff herunter, um hier auf unserem Gut die Verantwortung zu übernehmen und auch nach außen hin zu repräsentieren.“ sagte wiederum der alternde Lord. Dann klopfte er Matthias, seinem einzigen Sohn sanft auf die Schulter und sprach weiter. „Wir werden zu gegebener Zeit noch genauer darüber sprechen, denn jetzt möchte ich mich auch noch mit unserer Charlotta unterhalten.“

Friedrich von Chambridge führte vorsichtig seine Teetasse zum Mund. „Der Tee schmeckt hervorragend, wie immer. Nimm dir ruhig noch ein paar von diesen guten Biskuits, liebe Charlotta. Wie geht es dir denn, mein Kind?“ wurde jetzt die Tochter der Lordschaften von Chambridges befragt. „Danke der Nachfrage, Vater. Wenn es dir gut geht, dann geht es auch mir gut.“ freute sich Charlotta von Chambridge.

Da musste Lady Margaret plötzlich lachen über die Schlagfertigkeit ihrer Tochter Charlotta. „Wann willst du dich denn verloben, mein liebes Kind?“ fragte Lord von Chambridge weiter. „Ach, Vater, das hat doch noch Zeit. Hubert ist ein feiner Mensch und wir werden so oder so für immer zusammen bleiben. Außerdem muss ich da sowieso Matthias den Vortritt lassen. Er ist nämlich der Ältere.“ lachte Charlotta und Ihre Mutter, Lady Margaret stimmte wiederum mit ihrem Lachen mit ein.

„Wo soll ich denn eine Frau herkriegen, wenn ich Tag für Tag auf See bin. Aber ich kann ja gerne einmal ein Küchenmädchen aus der Schiffsküche fragen.“ mischte sich Matthias von Chambridge in das Gespräch ein.

Da zog der alte Lord Friedrich von Chambridge seine Augenbrauen hoch und sprach weiter. „Ein Küchenmädchen kommt überhaupt nicht in Frage. Deine zukünftige Ehefrau muss schon standesgemäß sein und aus einem guten Hause kommen. Es gäbe da wirklich ein paar heiratsfähige Kandidatinnen für dich, mein Sohn. Du schaust sie dir am besten bald alle an

und suchst dir dann nach deinem Geschmack eine Passende für dich aus."
Hier lenkte Lady Margaret dann ein, indem sie sagte „Unsere Charlotta hat doch mit ihrem Hubert auch einen standesgemäßen Partner bekommen. Ein so großer Firmenchef von so einem riesigen Firmenimperium kann sich schon sehen lassen, auch wenn er keinen Adelstitel trägt. Er wird diesen Konzern einmal sein Eigen nennen können, wenn sein Vater sich aus den Geschäften zurück zieht. Und mit einer Lady von Chambridge an seiner Seite wird das seine riesengroße Firma noch mehr aufschmücken."
„Hier unterbrach Friedrich von Chambridge seine Frau. „Liebste Margaret, Hubert ist für unsere Charlotta ein passender Gatte. Da kann ich dir nur recht geben. Unser Sohn Matthias ist jedoch der nächste Lord von Chambridge und er wird recht bald eine zukünftige Lady von Chambridge an seiner Seite brauchen und zwar hier auf unserem Gut. Es muss eine Frau sein, die ihm ebenbürtig ist und ihm treu und redlich zur Seite steht. So ist das nun einmal in unseren Kreisen. Charlotta wird in diese riesengroße Firma einheiraten, und Matthias wird unseren Besitztum hier weiter führen."
„Aber Vater!" sagte da Charlotta. „Liebstes Väterchen, die Zeiten sind doch nicht mehr so streng und altmodisch wie früher. Selbst in England hat ein Adliger bereits eine Bürgerliche geheiratet."
„Davon will ich auf keinen Fall etwas hören, sowas kommt in unserer Familie niemals in Frage, denn da will ich nicht mehr Lord von Chambridge heißen!" bestimmte jetzt sehr entschlossen Lord Friedrich und sah seine Gattin Margaret sehr ernst an.
Margaret von Chambridge kannte ihren langjährigen Gatten gut genug, und wusste, dass sie jetzt so schnell

wie möglich das Gesprächsthema wechseln musste. Bei der Erbfolge und auch bei Adelstiteln kannte der alte Lord von Chambridge nämlich kein Pardon, wenn er ansonsten auch noch so ein freundlicher, zugänglicher Mensch war. Der Zukünftige von Tochter Charlotta war da eine Ausnahme, da er aus einer steinreichen Familie stammte und einmal das riesige Firmenareal seines Vaters erben würde.

„Liebe Kinder, wir wollten noch etwas anderes mit euch besprechen. Es geht um unsere Haushälterin Maria." schlug Lady Margaret auch gleich ein anderes Gesprächsthema an. „Was ist denn mit ihr? Ist sie etwa krank?" fragte sogleich ganz erschrocken Charlotta und auch Matthias setzte sofort einen besorgten Blick auf. „Nein, krank ist sie nicht, aber sie kommt genauso wie euer Vater und ich in die Jahre. Jünger werden wir alle nicht, so ist das nun einmal. Jetzt haben wir uns schon überlegt, ob wir nicht doch zusätzlich eine jüngere Dame aufnehmen sollten. Sozusagen als kleine Unterstützung für unsere Maria. Sie hat uns immer treu und ehrlich gedient." redete Lady Margaret weiter. „Maria will ich auf gar keinen Fall hergeben." sagten Charlotta und Matthias gleichzeitig. Lady Margaret lächelte sanft. Genau das hatte sie von ihren Kindern hören wollen und jetzt nickte auch ihr Gatte Lord Friedrich sofort zustimmend.

„Es ist wirklich eine gute Idee, eine zweite Haushaltshilfe aufzunehmen, damit unsere treue Seele ein wenig entlastet ist. Ich kenne doch unsere Maria schon von Kindesbeinen auf und ich würde sie wirklich schmerzlich vermissen, wenn sie weggehen würde, einfach nur, weil ihr die Arbeit hier zuviel wird." jammerte da Lady Charlotta und setzte ein kummervolles Gesicht auf. „Bitte werde jetzt nicht sentimental, meine liebe Tochter. Maria wird für immer bei uns bleiben, auch wenn sie einmal ganz alt ist und nicht mehr arbeiten kann. Sie darf dann meinetwegen sogar in meinem Blumengarten sitzen und ihre Ruhe genießen, solange sie will." erklärte da der alte Lord Friedrich.

„Das ist sehr schön von dir, Vater." sagte da Matthias, der junge Lord, und der düstere Gesichtsausdruck von Lady Charlotta hellte sich wieder auf.

„Ich werde mich einmal wegen einer neuen Haushälterin erkundigen, vielleicht weiß Hubert da jemanden." redete jetzt wieder Charlotta und sah etwas geflissentlich auf ihren Bruder Matthias. „Das ist eine gute Idee, Hubert findet da sicher jemanden Geeigneten. Vielleicht wäre eine jüngere Person ganz gut, jemand der gut zu uns passen würde, so eine wie Maria, nur jünger eben." schlug Matthias vor und blickte dabei vielsagend in die Runde.

„Das ist sehr lieb von euch, wenn ihr uns bei der Suche nach einer jungen Haushaltshilfe unterstützen möchtet." bedankte sich Lady Margaret bei ihren beiden Kindern.

Nun war das Wichtigste besprochen zwischen den Familienmitgliedern auf dem Castle Chambridge. Sie führten noch eine lockere und teils lustige Konversation weiter, bis dann Maria eintrat und anfing den Teetisch abzuräumen. „Danke, liebe Maria!" sagte artig Charlotta. Kurze Zeit später wurde das Abendmahl eingenommen. Dieses Mal traf sich die Familie im großen Salon, welcher mit sehr alten, antiken Möbeln ausgestattet war. Wiederum trug die Haushälterin Maria die Speisen auf. Auch der Trüffelpudding schmeckte vorzüglich, besonders dem jungen Lord. Von Kindheit an war das eine seiner Lieblingsspeisen. Daher wurde jedes Mal, wenn er

nachhause kam, Trüffelpudding gekocht, auch oft von Lady Margaret persönlich.
Charlotta war wiederum punkto Essen ihrem Herrn Vater sehr ähnlich. Sie aß eigentlich alles, was auf den Tisch kam. Außerdem naschte sie liebend gerne Schokoladenpralinen. Da konnte es schon einmal vorkommen, dass auch Lord Friedrich mitnaschte aus dem glänzenden Porzellanschüsselchen, welches immer gefüllt im Teesalon stand.
Charlotta und auch Matthias wünschten nach dem wirklich schmackhaften und vorzüglichen Dinner ihren Eltern einen schönen Abend und begaben sich dann auf ihre Räumlichkeiten im Oberstock. Sie waren beide müde von der langen Anreise.
Lord und Lady von Chambridge saßen dann noch lange beisammen im kleinen Salon, welcher von Lady Margaret ganz in Rosa gehalten wurde. Sogar die Tapeten an den Wänden waren mit rosafarbenen Rosen bedruckt. Die bodenlangen Samtvorhänge waren aus einem dunkelrosa Stoff genäht und ergänzten die angenehme Harmonie dieses kleinen Salons vorzüglich. Selbst Friedrich fühlte sich dort sehr wohl. Gerne verbrachte er hier die Abende mit seiner geliebten Lady Margaret, welche im Lehnstuhl sitzend an ihrem Gobelin weiter arbeitete. Meistens las er in irgendeiner Zeitung, um sich dabei dann und wann nach seiner Frau umzublicken.
„Von unseren Kindern bin ich sehr entzückt. Wie sie sich gleich für unsere Maria eingesetzt haben, das finde ich einfach wundervoll.“ So sprach Lord Friedrich nach langem Schweigen seine Frau an. Diese wendete den Blick von ihrer Stickarbeit ab und schaute jetzt in die Richtung, in der ihr Gatte saß. „Ja, mein Lieber. Wir haben sie auch sehr gut erzogen.“ lächelte sie. „Du wirst sehen, wir werden sicherlich eine nette, junge

Dame als Hilfe für unsere Maria bekommen. Eine, die gut zu uns hier auf das Castle passt." redete sie weiter und warf dabei ihren Gatten einen respektierenden Blick zu.

„Das andere angesprochene Thema werden wir auch bald erledigt haben. Unsere Charlotta wird bald ihren Hubert heiraten und damit in ein riesiges Firmenimperium einsteigen. Die beiden werden sicher ein sehr glückliches Paar werden. So wie wir, liebe Margaret, nicht wahr?" sagte der alte Lord von Chambridge.

Nach diesen Worten erhob er sich und näherte sich seiner Frau. Sachte hob er ihre rechte Hand hoch und drückte sie an seine Lippen. „Bist du glücklich geworden mit mir hier auf dem Castle?" fragte er höflich und hielt noch immer ihre Hand. Da legte Lady Margaret ihre Handarbeit auf das kleine Tischchen neben sich und erwiderte „Sehr! Lieber Friedrich sehr! Ich hätte keinen besseren Gatten bekommen können. Du liest mir doch heute noch jeden Wunsch von den Augen ab. Sogar den kleinen Salon hier habe ich in Rosa gestalten dürfen. Ich wünsche mir noch viele glückliche Jahre mit dir, lieber Friedrich."

„Ich bin entzückt, wirklich entzückt, meine Liebe." murmelte da der Lord von Chambridge und küsste seiner Frau gleich noch einmal in „Gentleman artiger Manier" die Hand. Im selben Moment klopfte es an der großen Doppeltür und die Haushälterin Maria trat ein. „Haben Eure Lordschaften noch einen Wunsch?" fragte sie freundlich. „Nein, Maria, danke. Bitte begeben Sie sich doch für heute zu Bett." antwortete Lady Margaret. „Einen angenehmen Abend, Eure Lordschaften!" erwiderte Maria, und verließ den kleinen, rosa Salon wieder. Der Lord und die Lady von Chambridge aber genossen die Ruhe zu zweit bis fast nach Mitternacht, um sich dann auch zur Bettruhe zu begeben.

Der nächste Tag begann mit einem wunderschönen Sonnenaufgang. Das Frühstück wurde im großen Salon eingenommen. Für den Vormittag hatte Friedrich beschlossen, mit seinem Sohn ein wenig auszureiten. Lady Margaret war gleich wieder sehr besorgt um ihren werten Gatten und wollte ihn sogleich von seinem geplanten Reitausflug abhalten, indem sie sagte „Bitte Friedrich, denke daran, was dein Arzt gesagt hat. Du sollst dich schonen.“ – „Wenn doch Matthias dabei ist, da kann doch nichts passieren und wir werden auch sehr vorsichtig unterwegs sein und bald wieder nach Hause zurück kehren, meine liebe Margaret.“ erwiderte der alte Lord sehr einfühlsam. Denn er wusste sehr wohl Bescheid darüber, dass seine Frau wegen seinem Rheuma sehr besorgt war.
Die Pferde waren bereits gesattelt, als Lord Matthias und sein Vater durch den Innenhof, vorbei an den schönen Blumenbeeten zu den Stallungen gingen. Sie schwangen sich jeder auf sein Pferd und dann konnte es auch schon los gehen. Was gab es denn Schöneres als zu Pferde über die weiten Wiesen in Richtung der Klippen zu galoppieren. Von Weitem konnten die beiden Männer das Meer schon sehen. Kurz vor den Klippen drosselten sie ihr Tempo denn dort wollten sie gerne eine Zeitlang verweilen.
Friedrich von Chambridge stand dann mit seinem Sohn Matthias bei den steinigen Klippen und beide betrachteten lange und ohne Worte das Meer, welches hier immer wieder in Wellen auf dem felsigen Gestein aufschlug. Sie hörten einfach nur dem Meeresrauschen zu und konnten sich an diesem Wunder der Natur noch immer nicht satt sehen, obwohl sie beide hier

aufgewachsen waren. „Immer wieder schön, Vater." brach da der junge Lord Matthias das Schweigen. „Ja, mein Sohn! Ich reite immer wieder gerne hierher, um mir das Meer anzusehen. Schließlich war ich auch einmal bei der Marine, genauso wie du." antwortete der alternde Lord von Chambridge und sah seinen Sohn aufmerksam an. Dann sprach er weiter. „Wenn wir hier schon so ungestört sind, dann möchte ich doch gleich die Gelegenheit nutzen, um mit dir ein paar ernste Worte zu sprechen."

Abwartend sah Matthias von Chambridge seinen Vater an und wartete auf Weiteres. Was wollte denn der Vater ihm so Wichtiges sagen? „Komm Matthias! Setzen wir uns hier ein wenig auf die großen Steine." redete Friedrich von Chambridge weiter. „Vater, das ist aber nicht gut für dein Rheuma." erwiderte Matthias. „Ach, was, jetzt fängst du auch schon an wie deine ehrenwerte Mutter." lachte da der alte Lord.

Als sie dann zusammen saßen und der Wind immer wieder die salzige Meeresluft von der großen See hereintrug, sagte Lord Friedrich „Mein Sohn, es wird Zeit, dir eine Frau zu suchen. Es wären drei heiratsfähige Damen sehr entzückt, dich kennen zu lernen. Ich habe vor, einen kleinen Ball zu veranstalten, damit du dich dann frei für eine der drei Ladys entscheiden kannst."

Der junge Lord antwortete nicht. Vorsichtig tastete sich Lord Friedrich jetzt an dieses bereits angesprochene Thema heran, indem er weitersprach. „Ich weiß, es kommt ein bisschen überraschend für dich, aber einmal muss ich dich auf dieses Thema ansprechen, denn ich werde immer älter. Eines Tages wirst du dann hier der nächste Lord von Chambridge sein. Charlotta wird übrigens nächstes Jahr heiraten und für dich wird es auch bald Zeit. Lady Susanne vom

Nachbargut wäre sicher eine gute Frau für dich und schön ist sie obendrein. Lady Katharina ist eine entfernte Cousine von Lady Susanne und da wäre noch…" – „Aber Vater!" wurde da Friedrich von Chambridge von seinem Sohn unterbrochen. „Lass mich bitte fertig sprechen, mein Sohn." setzte der alte Lord wieder zum Reden an. „Auch Lady Cornelia wäre eine sehr interessante Frau für dich. Mir ihr würde so wie einst deine Mutter, wieder eine Engländerin ins Haus kommen. Sieh dir die jungen Ladys doch wenigstens einmal an. Ich bin mir sicher, dass eine jede von ihnen sofort zu dir „ja" sagen würde." sprach Friedrich von Chambridge jetzt fertig.
Matthias antwortete nicht. Er schaute wortlos auf das Meer hinaus. „Oder hast du etwa einen besseren Vorschlag, mein Sohn?" fragte Lord Friedrich. „Ach Vater, ich will noch ein paar Jahre als Kapitän über die Meere fahren. Ich hänge sehr an meinem Beruf. Außerdem bist du doch noch sehr rüstig." antwortete der junge Lord. Friedrich von Chambridge sah seinen Sohn jetzt sehr ernst an und sagte dann „Auch ich habe die Fahrten über das Meer geliebt. Ich war genauso gerne bei der Marine wie du, und musste mich eines Tages meinen Verpflichtungen stellen. Als ich deine Mutter kennen lernte, damals auf diesem Pferdemarkt, habe ich sofort gespürt, dass sie die Richtige für mich ist. Ich bin mit ihr glücklich gewesen jeden Tag und das bis heute. Genauso ein Glück wünsche ich dir auch, Matthias."
„Ich weiß, Vater, dass du es gut mit mir meinst und auch mit Charlotta. Es kommt trotzdem alles sehr überraschend für mich. Lady Susanne kenne ich ja von früher, aber die anderen zwei Ladys kenne ich überhaupt nicht." sagte Matthias von Chambridge leise und schaute wieder auf das weite Meer hinaus. Sein

Gesichtsausdruck war jetzt irgendwie traurig und sehr ernst. „Dann lerne die Damen doch einmal kennen. Sie kommen alle drei aus sehr gutem Hause und fühlen sich dem Adel auch sehr verpflichtend." schlug Lord Friedrich sanft sprechend vor.

„So, Vater, wir müssen jetzt aber schleunigst zurück reiten, denn sonst macht sich Mutter wirklich Sorgen und das wollen wir beide nicht." sagte dann plötzlich Matthias von Chambridge. Er stand auf und lockte den Pferden, welche inzwischen sorglos auf der Wiese im Gras geknabbert hatten und dann ging es wieder auf, in Richtung Gut Chambridge.

Schnell waren die Tage vergangen und es war an der Zeit, dass Charlotta und Matthias wieder abreisen mussten. Jetzt waren Lord und Lady von Chambridge wieder allein in ihrem großen Castle. Natürlich war da noch die Haushälterin Maria und auch der Pferdeknecht, samt dem Stalldiener. „Ich bin gespannt, ob unsere Kinder eine passende Hilfe für unsere Maria finden." sagte Lady Margaret zu ihrem Gatten Lord Friedrich. „Warten wir einmal ab, wir werden sehen." erwiderte der alte Lord knapp. „Aber jetzt ganz etwas anderes, meine liebe Margaret. Ich habe mit Matthias ein ernstes Wort gesprochen bei unserem letzten Ausritt. Wir werden demnächst einmal einen kleinen Ball veranstalten. Vielleicht lernt er da dann seine zukünftige Herzensdame kennen." erzählte Lord Friedrich weiter.

„Ach, mein lieber Friedrich, es wird schon noch werden. Lass ihm doch noch ein wenig Zeit. Wenigstens solange, bis unsere Charlotta in den Hafen der Ehe gesegelt ist." erwiderte Lady Margaret. „Zuviel Zeit kann hier nicht mehr investiert werden. Matthias muss bald auf seine Rolle als Hausherr von unserem Gut vorbereitet werden. Er muss demnächst

der Marine adieu sagen. Es geht leider nicht anders. So wie wir unsere Verpflichtungen immer gehabt haben, so hat auch er seine Verpflichtungen." antwortete Lord Friedrich etwas barsch und seufzte dann. „Ich werde jetzt mit meiner geliebten Pfeife ein bisschen zwischen meinen Rosen wandeln." Mit diesen Worten wandte er sich seiner Frau zu und verabschiedete sich galant wie immer mit einem Handkuss.
Mit seiner Tabakspfeife in der Hand verließ der Lord von Chambridge dann die alten Steingemäuer durch die große Tür auf der westlichen Seite des Castle's, um in Richtung des großen Innenhofes zu den großzügigen und wunderschönen angelegten Blumenbeeten zu gehen.

Ein junges Fräulein mit einem schwarzen Koffer in der Hand stand etwas ratlos vor dem großen, hölzernen Tor von Gut Chambridge. Vorsichtig sah sie beim weit geöffneten Tor hinein. Sie wusste nicht so recht, ob sie eintreten sollte oder nicht. Da aber weit und breit niemand zu sehen war und sie auf ihr Rufen auch keine Antwort bekam, wagte sie es dann doch mit ein paar Schritten den kleinen Vorhof zu betreten. Vorsichtig ging sie in die Richtung des nächsten Tores weiter. Sie schaute sich immer wieder um, doch es war keine Menschenseele zu erblicken. Beim nächsten Tor, welches ebenso massiv war, wie das große Eingangstor, blieb die unbekannte Dame stehen und wieder blickte sie etwas ratlos um sich. Dann wagte sie sich wieder vorsichtig weiter, um jedoch dann wie geblendet, stehen zu bleiben. Staunend betrachtete sie die wunderschönen Blumenbeete, und schritt dann mit ihrem Koffer an der Hand, vorsichtig gehend auf den alten Steinplatten weiter.

„Wer sind Sie und was machen Sie denn hier?“ hörte sie plötzlich eine männliche Stimme. Erschrocken drehte sich die junge Dame um und entdeckte inmitten dieser Blütenpracht einen älteren Herrn, der pfeifenrauchend auf einer alten Holzbank saß.
Streng schaute der alte Lord von Chambridge auf die Fremde und fragte „Was haben Sie hier zu suchen?“
„Entschuldigen Sie bitte mein unerlaubtes Eindringen, aber ich konnte hier keine Menschenseele finden, und so....“ antwortete die Fremde. „Sie werden mir jetzt gefälligst antworten und das sofort. Wer sind Sie und was wollen Sie hier?“ unterbrach Lord Friedrich die unbekannte Dame.
„Mathilde Bluesmoon ist mein Name und ich wurde hierher geschickt, um eine Stelle als Haushaltshilfe anzutreten. Ich bin hier doch auf Gut Chambridge, oder?“ antwortete die junge Dame jetzt sehr höflich und machte einen Knicks vor dem alten Herrn.
Da musterte der alte Lord den unbekannten Eindringling nun auf einmal nicht mehr mit einem so strengen Blick. „Warum sind Sie denn nicht durch den Dienstboteneingang eingetreten?“ wurde die Unbekannte dann noch gefragt, aber doch mit einem etwas milderen Ton. „Entschuldigen Sie bitte, wenn ich mir erlaubt habe, gleich durch den Haupteingang einzutreten.“ erwiderte darauf die junge Dame entschuldigend.
„Warten Sie bitte gleich hier, ich werde Sie sofort ins Haus führen.“ sagte Lord Friedrich und klopfte seine Tabakspfeife aus. „Ich bin Lord Friedrich von Chambridge, der Hausherr dieses Gutes hier.“ stellte Friedrich von Chambridge sich vor, als er sich mit seiner Pfeife in der Hand von der Bank erhob und währenddessen weiter sprach. „Kommen Sie bitte mit, ich werde Sie gleich ins Haus führen.“ Er ging als

Erster voran und die junge Dame folgte ihm auf leisen Sohlen. „Sapperlot, ist das ein hübsches Fräulein.“ dachte sich der alte Lord. „Solch eine Schönheit sieht man selten.“ überlegte er im Stillen weiter, als er den grünen Vorraum betrat, um seine Pfeife in dem dafür vorgesehenen Porzellanschüsserl abzulegen.
„Kommen Sie bitte weiter, Fräulein…, Fräulein Mathilde.“ forderte Lord Friedrich von Chambridge die junge Dame auf, einzutreten. Dann wurde sie direkt in die Küche geführt. „Nehmen Sie doch bitte Platz und warten Sie hier.“ befahl der alte Lord. Dann ging er einen farbenfroh tapezierten Gang entlang und fand Lady Margaret schließlich im Teesalon. „Margaret, meine liebe Frau, unsere neue Haushaltshilfe ist eingetroffen. Ich habe sie gebeten, inzwischen in der Küche Platz zu nehmen. Kommst du bitte, und weißt du wo unsere Maria ist?“ fragte Friedrich noch seine Gattin Margaret, als er ihr berichtete, dass die langersehnte Aushilfe endlich eingetroffen war.
Als Lady Margaret und Lord Friedrich endlich in der Küche ankamen, da hatte ihre Maria die junge Dame bereits kennengelernt. „Maria, du bekommst ab heute eine Unterstützung, damit du dich nicht mehr so plagen musst.“ sagte Lady Margaret zu ihrer jahrzehntelangen, treuen Haushälterin. „Aber Eure Lordschaft, ich schaffe das schon noch alles alleine. Wenn mich Eure Lordschaft nicht mehr haben will, dann….“ sprach Maria und fing auch gleich hemmungslos zu schluchzen an. „Aber, bitte Maria, weinen Sie doch nicht. Sie werden für immer bei uns bleiben, auch dann, wenn Sie einmal nicht mehr arbeiten können. Wo Sie doch schon seit ewigen Zeiten so brav und fleißig sind. Bitte haben Sie doch keine Angst.“ beruhigte Lady Margaret ihre langjährige Bedienstete.

Auch die eben angekommene Unterstützung warf gleich einen besorgten Blick auf Maria, denn jemandem anderen wollte die junge Dame auf keinem Fall mit ihrem Kommen verletzen. Maria hatte sich wieder einigermaßen beruhigt und eifrig fragte sie „Welches Zimmer darf ich dem Fräulein zeigen?“ – „Es wäre schön, wenn sie gleich Ihre Zimmernachbarin werden könnte, wenn Ihnen das angenehm ist, liebe Maria.“ schlug Lady Margaret vor und der Lord von Chambridge nickte zustimmend.
Während die Lordschaften sich wieder in den Teesalon begaben, um alles Weitere zu besprechen, zeigte Maria ihrer neuen Arbeitshilfe den Aufenthaltsraum der Dienstboten und auch die Schlafräume. „Ein weiteres Gepäcksstück von mir kommt noch nachgeliefert, Frau Maria.“ bekam die Haushälterin bei der Besichtigung der Räumlichkeiten zu hören. „Maria, genügt, sagen Sie doch einfach nur Maria zu mir.“ erwiderte diese. „Ich bin übrigens Mathilde Bluesmoon, wenn ich mich vorstellen darf, Mathilde genügt.“ stellte sich das junge Fräulein noch einmal vor und reichte Maria ihre Hand. „Ich denke, wir werden sehr gut miteinander auskommen. Sie werden es gut haben hier, denn unsere Lordschaften sind sehr angenehme und fürsorgliche Dienstgeber. Ich habe keinen einzigen Tag in den ganzen langen Jahren bereut, für sie zu arbeiten.“ erklärte die Haushälterin Maria noch und lächelte Mathilde an.
„Zwei entzückende Kinder haben sie auch. Lady Charlotta, ihre Tochter ist die jüngere von den beiden und sie wird bald die Ehe mit einem reichen, aber sehr netten Fabriksbesitzer eingehen. Und ihr Sohn, Lord Matthias ist Kapitän auf hoher See. Er ist ein Jahr älter als seine Schwester Charlotta und wird hier einmal der Gutsherr werden. Er hat sich noch an keine Frau

gebunden, doch ich habe gehört, das Lord Friedrich ihm erst vor kurzem ein paar Vorschläge punkto junger Ladys unterbreitet hat." erzählte Maria.
„Oh, wie interessant!" meinte dazu Mathilde. „Mmhh, ich glaube nicht, dass sich unser junger Herr große Vorschriften machen lässt, punkto vorgeschlagener Ehefrauen. Erstens liebt er das Meer viel zu sehr und manchmal hat man auch den Eindruck, er will gar kein Gutsherr werden und außerdem, die Zeiten werden immer moderner. Die Einstellung, dass Adel zu Adel muss, ist gar nicht mehr so aktuell. Bloß unsere alten Lordschaften bestehen auf diesem Standpunkt, da kann Lord Friedrich schon einmal grantig werden über diese neumoderne Zeit." erzählte Maria weiter. „So, und jetzt habe ich genug geredet. Hier können Sie sich umziehen und wenn Sie danach bitte in die Küche hinunter kommen. Ich brauche dann gleich Ihre Hilfe beim Servieren." sagte die Haushälterin Maria noch und dann ließ sie Mathilde Bluesmoon alleine in ihrem Zimmer zurück.
Pünktlich wie die Uhr wurde das Mittagsmahl aufgetragen. „Äußerste Vorsicht mit dem schönen Porzellan. Das ist nämlich der ganze Stolz unserer Hausherrin." erklärte Maria ihrer neuen Hilfe. Weiters sagte sie „Gegessen wird im großen Salon. Du darfst gleich die Suppe auftragen." Gekonnt balancierte Fräulein Mathilde die Suppenschüssel aus feinstem Porzellan an den Esstisch ihrer neuen Herrschaften und schöpfte auch gleich, wiederum sehr geübt die gute Suppe in die Teller des gedeckten Tisches. „Danke schön" sagte der Lord von Chambridge und nickte wieder einmal mit seinem Kopf. „Mahlzeit" wünschte jetzt Lady Margaret. Mathilde machte einen leichten Knicks und verließ sogleich den Salon wieder, um ja die Lordschaften nicht beim Mittagsmahl zu stören.

„Sapperlot, das ist aber ein hübsches Fräulein. Was sagst du, meine Liebe?“ neckte Lord von Chambridge seine Frau. „Ich bin ganz deiner Meinung, mein lieber Friedrich. Es freut mich, dass sie dir so gut gefällt, vielleicht reitest du dann mit deinem Rheuma nicht mehr so oft aus.“ scherzte jetzt auch Lady Margaret.
Unter dem Mittagsmahl legte Lord Friedrich jetzt seinen Löffel zur Seite und tupfte sich mit seiner Stoffserviette, welche er auf seinem Schosse liegen hatte, den Mund ab. Er fasste nach der Hand seiner Margaret und drückte liebevoll einen Handkuss darauf. „Wir werden ja noch spaßig in unserem Alter, meine Liebe. Ich möchte dir aber dennoch sagen, dass du die schönste Frau aller Zeiten für mich bist, egal wie alt du eines Tages sein wirst.“ flüsterte er seiner Gattin zu. „Es freut mich wirklich zu hören, dass ich dir immer noch so gut gefalle, mein lieber Gatte.“ erwiderte Lady Margaret sichtlich gerührt und dann ließen sie sich gemeinsam die gut gekochte Reissuppe schmecken.

Schneller als gedacht, kam dann der Tag heran, an dem Charlotta von Chambridge den Hafen der Ehe zusteuerte. Sämtliche Vorbereitungen waren getroffen und an die dreihundert Einladungen waren bereits verschickt worden. Die hintere Pferdekoppel war umgestaltet worden, damit die vielen Gäste auch genug Platz hatten. Viele Tische und Bänke wurden dort aufgestellt und ein riesengroßes Buffet angerichtet. Auch ein Tanzpodium wurde aufgebaut und kleine Zelte, damit die weiblichen Gäste auch ein wenig Ruhe finden konnten im Schatten der kleinen Räumlichkeiten. Drei zusätzliche Butler wurden aushilfsweise eingestellt. Das Brautkleid von Charlotta war ein Traum aus reiner weißer Seide, mit klein bestickten Blümchen und sie sah entzückend aus darin.

Die Haushälterin Maria und auch Mathilde hatten jeweils eine neue Servierschürze ausgehändigt bekommen, extra für die Hochzeit.
Nachdem die Trauung vollzogen war, begannen die beiden Haushaltshilfen damit, den Hochzeitsgästen Getränke anzubieten. Sie waren auch damit beschäftigt, den älteren Herrschaften Essen an ihren Tisch zu bringen und ihnen sozusagen jeden Wunsch von den Augen abzulesen.
„Bitte Fräulein, ich würde so gerne noch ein Glas Wasser trinken. Bitte Fräulein, mein Schuhband ist offen. Können Sie mir bitte helfen, eine neue Schleife zu binden? Können Sie mich bitte zu einen schattigen Platz begleiten?“ Solche Sätze und auch andere, hörten Maria und Mathilde immer wieder und beide waren sehr bemüht, jeden einzelnen Wunsch sofort zu erfüllen.
Gerade als die zwei Haushaltshilfen wieder mit vollen Tabletts ihre Runde durch die große Gästeschar gingen, kam ein junger Herr auf die beiden zu gesteuert und begrüßte Maria. „Liebe Maria! Darf ich Ihnen auch meinen Gruß entbieten? Fast wäre ich zur Hochzeit meiner Schwester zu spät gekommen. Wir haben nämlich leider den Hafen ein wenig verspätet erreicht. So habe ich mir erlaubt mit meiner Kapitänsuniform hier zu erscheinen. Charlotta hat mir mein Zuspätkommen verziehen und ihr Hubert auch.“ lachte der junge Mann. „Vater war zwar nicht entzückt. Selbstverständlich habe ich mich entschuldigt, aber die Verspätung kann ich leider so auch nicht mehr rückgängig machen.“ bekam die Haushälterin Maria noch zu hören. Mit einem freundlichen Seitenblick zu Mathilde, war der junge Herr dann auch schon wieder in der Menschenmenge verschwunden.

„Das war unser junger Herr, Mathilde. Matthias heißt er, aber ich glaube, das habe ich dir schon erzählt am ersten Tag unseres Kennenlernens. Er ist immer freundlich und nett zu mir. Ich kenne ihn ja auch schon seit seiner Geburt und ich habe sogar seine Windeln gewechselt." flüsterte Maria der Mathilde zu. Maria und Mathilde verstanden sich sehr gut miteinander und waren schon seit langem zum freundschaftlichen „Du" über gegangen. „Oh" flüsterte Mathilde Bluesmoon zurück und sah ihre Arbeitskameradin vielsagend an.

Der junge Lord Matthias von Chambridge hatte für sich inzwischen einen Sitzplatz bei seinen Verwandten gefunden und wurde dort ebenso freundlich begrüßt. „Geh einmal hin zu unserem jungen Herrn und frage ihn nach seinen Wünschen." sagte Maria zu Mathilde. Mathilde stockte kurz und wurde ein wenig unsicher, sie errötete sogar leicht. Dann schlängelte sie sich aber doch sofort durch die Menschenmenge. „Bitte schön Eure Lordschaft, haben Sie einen Wunsch, wenn ich fragen darf?" So sprach Mathilde den jungen Lord von Chambridge an. „Gerne, ein Glas Rotwein bitte." erwiderte Lord Matthias und schaute kurz auf Mathilde. Prompt hatte er ein Glas Rotwein vor sich auf dem Tische stehen, und ein paar Minuten später einen Teller mit Trüffelpudding. Lady Margaret schaute überrascht auf und bemerkte „Du hast doch nur einen Rotwein haben wollen und kriegst deinen Lieblingspudding auch gleich dazu, obwohl du doch dafür gar keinen Wunsch geäußert hast, mein Sohn. Interessant, wirklich interessant, kann denn unsere Mathilde sogar Wünsche von den Augen ablesen?" Matthias zwinkerte ein wenig und erwiderte dann „Ach, Mutter, das hast du überhört in diesem Tumult hier."

Mathilde hatte sich so schnell wie möglich vom Tische der Lordschaften wieder entfernt und war mit ihrem Serviertablett wieder zum Buffet gegangen. Maria hatte die ganze Szene beobachtet und hatte auch den Blick gesehen, mit dem der junge Lord der neuen Haushalthilfe nachgesehen hatte. „Komisch“ dachte sie sich. „So vertraut, wie Lord Matthias hier reagiert. Ach, Blödsinn! Der junge Lord wird Mathilde wahrscheinlich schon einmal bei ihrem vorherigen Dienstgeber begegnet sein.“ dachte sie weiter. Mathilde war nämlich vorher bei einer befreundeten Familie vom jetzigen Gatten der Lady Charlotta in Diensten gestanden.
„Was sagst du zu unserer neuen Haushaltshilfe, mein Sohn?“ fragte Friedrich von Chambridge jetzt seinen Sohn. „Es ist schön, wenn unsere treue Maria eine kleine Unterstützung bekommt.“ erwiderte der junge Lord. „Wir sind sehr zufrieden mit der jungen Dame. Und außerdem schön ist sie auch noch, nicht nur brav.“ erzählte der alte Lord weiter und erwähnte noch „Aber, mein Sohn, was ich dir noch sagen wollte, Lady Susanne ist heute auch hier. Ich erwarte mir schon, dass du sie zu einem kleinen Tänzchen aufforderst. Schau doch, da drüben unterhält sie sich gerade angeregt mit ein paar anderen Damen.“
Der junge Lord Matthias erwiderte nichts, aber er fing an, langsam und genussvoll, seinen Trüffelpudding zu verspeisen.

Der Tanz mit Lady Susanne blieb ihm aber dennoch nicht erspart. Denn als er endlich fertig gegessen hatte, blickte sein Vater auf und sagte dann „Unser Sohn wird jetzt Lady Susanne zum Tanze auffordern.“ Da blieb dem jungen Lord nichts anderes übrig, als dem Wunsche seines Vaters gerecht zu werden. Ein

wunderschönes Paar waren sie schon, der junge Lord von Chambridge und Lady Susanne vom Nachbargut. Er, groß gewachsen in seiner Kapitänsuniform und sie in einem zartgrünen Rüschenkleid, so schwebten sie über die Tanzfläche. Friedrich von Chambridge und Lady Margaret waren entzückt. „Siehst du, meine liebe Frau, die beiden würden hervorragend zusammen passen.“ schwärmte Lord Friedrich.
Niemand aber bemerkte, dass die Haushaltshilfe Mathilde Bluesmoon ein wenig blass geworden war um die Nasenspitze und fast eine Flasche mit gutem, teuren Wein fallen gelassen hätte.
Langsam wurde es Abend. „Auch die schönste Hochzeit hat einmal ein Ende, meine liebe Margaret.“ sagte Lord Friedrich zu seiner Frau. Arm in Arm schlenderten die zwei Lordschaften durch die noch anwesenden Gäste. Ein Großteil von ihnen reiste am selbigen Abend wieder ab, und ein kleiner Teil übernachtete auf Gut Chambridge. So waren fast sämtliche Zimmer in den Oberstöcken wieder einmal bewohnt. Maria hatte mit der Hilfe von Mathilde die Zimmer gerichtet für die Hochzeitsgäste.
Draußen, im Freien, dort wo die Hochzeitsfeierlichkeiten stattgefunden hatten, waren die Bediensteten jetzt schon fleißig beim Aufräumen. Benutztes Geschirr und Gläser wurde in die Küche transportiert, übrig gebliebenes Essen vom Buffet ebenfalls. „Bitte essen Sie sich satt. Sie sind auch sehr fleißig gewesen.“ sagte Lady Margaret zu Maria. Die Haushälterin bedankte sich herzlichst und sagte es dann sogleich zu Mathilde und den Aushilfsbutlern weiter. „Wir haben sehr gute Lordschaften. Sie schauen sogar, damit wir ja genug zu essen haben.“ lächelte Maria ihre Hilfe Mathilde an. „Ja, das stimmt wirklich.

Mich fragen sie auch sehr oft nach meinem Wohlbefinden." antwortete Mathilde.
Dann fingen sie gemeinsam an, das kostbare Porzellan abzuwaschen und wieder vorsichtig in den gläsernen Vitrinen zu verstauen. „Dieses Porzellan darf nur für besondere Gelegenheiten verwendet werden. Da ist unsere Hausherrin sehr heikel darauf." erklärte Maria wiederum. „Ich werde sehr vorsichtig damit umgehen, Maria." erwiderte Mathilde und fasste dann beim Einräumen der Glasvitrinen das Geschirr mit Samthandschuhen an.
Ja, Lady Margaret war so heikel auf ihr Porzellan, dass die Bediensteten das gereinigte Geschirr wirklich mit Samthandschuhen in die Vitrine zurück stellen mussten, um ja darauf keine Fingerabdrücke zu hinterlassen.
In gerader Haltung und sehr steif hatte sich Matthias von Chambridge von Lady Susanne verabschiedet. Sie hatten zwar längere Zeit zusammen getanzt, und er war sehr höflich und zuvorkommend zu ihr gewesen, was seine Eltern wiederum sofort mit Wohlwollen beobachtet hatten. Mehr war aber da nicht zustande gekommen, wenn auch Lady Susanne den jungen Lord noch so sehr angehimmelt hatte.
„Wollen wir Lady Susanne mitsamt ihren werten Eltern nicht bald einmal zum Tee einladen?" sagte Lady Margaret „rein zufällig" zu Lord Friedrich, als sie sich dann endlich auf den Weg in die Wohnräumlichkeiten aufmachten. Sie erwähnte dass genau zu dem Zeitpunkt, als ihr Sohn Lord Matthias sich ihnen anschloss, um sie zu begleiten. Matthias, erwiderte nichts, aber der alte Lord hob seinen Kopf und bejahte die Frage seiner Gattin sofort. „Lieber Matthias, Lady Susanne würde wunderbar zu dir passen." sagte er dann. Matthias von Chambridge

antwortete wieder nicht. Er bot nur sehr galant seiner Mutter den Arm, als sie den grünen Vorraum betraten. Denn hier musste der alte Lord den Arm seiner Margaret loslassen, um seine Tabakspfeife auf dem kleinen Tischchen abzulegen. „Ich empfehle mich und wünsche eine angenehme Nachtruhe, denn in ein paar Tagen muss ich wieder auf See.“ verabschiedete sich Matthias von seinen Eltern und machte sich auf, in seine eigenen Räumlichkeiten zu gehen.
Am Morgen danach wollte Friedrich von Chambridge wieder einmal ausreiten, was ihm aber Lady Margaret vehement untersagte. „Ach, meine Liebe, bitte mache dir doch nicht schon wieder Sorgen. Ich verspreche dir wirklich vorsichtig zu sein.“ beruhigte der alte Lord seine Frau.

„Wo denn nur Lord Friedrich ist?“ klagte Lady Margaret ängstlich. Der alte Lord hätte von seinem Morgenritt schon längst zurück sein müssen. „Ich werde einmal ein Pferd satteln lassen und ihm entgegen reiten.“ sagte Matthias von Chambridge und tröstete seine Mutter noch. „Bitte habe keine Angst, es wird sich alles aufklären.“
„Wie willst du ihm denn helfen ganz alleine, wenn ein Unglück geschehen ist, mein Sohn?“ fragte Lady Margaret noch ängstlicher. „Ich kann doch nicht einmal mit dir mitkommen, wo ich doch schon so schlecht zu Pferde bin.“ jammerte sie weiter und brach dabei auch noch in Tränen aus.
„Ich kann reiten.“ sagte da die junge Haushälterin Mathilde ganz spontan. „Ich helfe sehr gerne, Lady Margaret, wenn Sie das wünschen.“ redete sie weiter. „Kommen Sie.“ rief da Matthias von Chambridge. „Kommen Sie schnell!“ beeilte der junge Lord sich noch einmal zu sagen, und schon lief er mit eiligen Schritten

durch den großen Garten, und die Haushälterin Mathilde Bluesmoon lief so schnell sie konnte hinter dem jungen Lord her. Beim Pferdestall angekommen, wurde schnell ein Pferd aus seiner Box geholt, und der junge Lord von Chambridge zog blitzschnell Mathilde zu sich auf den Rücken des Pferdes und schon ging es los in einem wilden Galopp hinaus über Stock und Stein, in Richtung der felsigen Klippen.

Der Pferdeknecht und der Stalldiener standen kopfschüttelnd und händeringend unter der Stalltür des Pferdegestütes und wussten nicht mehr ein und aus. Einen Lord und eine Haushälterin auf einem Pferd zusammen reitend, noch dazu ohne Sattel, hatten sie auch noch nicht gesehen. Lady Margaret und Maria gesellten sich auch zu ihnen. „Soll ich Eurer Lordschaft eine Sitzgelegenheit besorgen?" fragte Maria und eilte ohne eine Antwort abzuwarten in die Wohnbereiche zurück, um auch gleich mit einem Stuhl wieder zu kommen. „Bitte setzen Sie sich, Lady Margaret, denn so viel Aufregung ist nicht gut für Sie." sagte sie tröstend zu ihrer Herrin. „Liebe Maria, ich danke Ihnen von Herzen." antwortete Lady Margaret und setzte sich dann wirklich.

Endlich hörten die Wartenden an der Stalltür dann doch Pferdegetrappel. Aufrecht sitzend im Sattel kam Lord Friedrich angeritten und hintendrein sein Sohn, der junge Lord. Mathilde Bluesmoon saß vor dem jungen Lord auf dem Pferd. Ihre streng zusammen gebundene Frisur hatte sich gelöst und ihre langen blonden, lockigen Haare, welche ihr bis weit über die Schultern reichten, flogen im Wind und streiften immer wieder das Gesicht von Matthias von Chambridge. „Na, endlich, kommen Sie." Ach, bin ich erleichtert." schluchzte Lady Margaret und fing dieses Mal vor Freude, an zu weinen.

„Brrrr, brrrr“ sagte Lord Friedrich und stieg von seinem Pferd. Sein Sohn Matthias ebenfalls, bloß streckte dieser noch seine Hände Mathilde entgegen, damit diese auch problemlos vom Rücken des Pferdes heruntersteigen konnte. Wie selbstverständlich hielt die junge Frau sich an den Schultern des jungen Lordes fest und für einen kurzen Moment sah es fast so aus, als wollte sich Mathilde an die Brust von Matthias von Chambridge schmiegen. Vorsichtig half der junge Lord noch mit, sie solange um die Mitte haltend, bis Mathilde wieder sicheren Boden unter ihren Füßen hatte.
„Friedrich, wo bist du denn so lange gewesen?“ fragte Lady Margaret noch immer schluchzend und putzte sich zum wiederholten Male ihre Nase mit ihrem Taschentuch, in das selbstverständlich das Familienwappen der Chambridges eingestickt war. „Bitte meine Margaret, ich habe mir doch nur meinen Knöchel etwas verstaucht, weil ich etwas gestolpert bin bei den Klippen draußen. Es gibt keinen Grund zur Sorge.“ sagte der alte Lord und küsste seiner Frau liebevoll die Hand. „Du reitest mir nicht mehr alleine aus, mein Lieber.“ erwiderte Lady Margaret. Dann begaben sie sich gemeinsam wieder in die Richtung des Wohntraktes und der Pferdeknecht übernahm die Tiere um sie wieder in den Stall zu bringen.

Einer einzigen Person fiel auf, das die junge Haushälterin Mathilde und Matthias von Chambridge sich ein paar Mal in die Augen sahen, bevor der junge Lord sich dann auch zu seinen Eltern gesellte.
Die Haushälterin Maria kannte ihre Lordschaften schon jahrzehntelang und den jungen Lord auch, und das von Kindesbeinen auf. Sie runzelte leicht ihre Stirn und dachte sich im Stillen. „Die beiden wirken so

vertraut miteinander, so als würden sie sich schon sehr lange kennen. Eigenartigerweise hat sie auch um ein paar Tage Urlaub gebeten, genau zu dem Zeitpunkt, am dem der junge Lord wieder abreisen muss." Maria nahm noch den Stuhl in Empfang, den sie Lady Margaret gebracht hatte, um diesen wieder in den grünen Vorraum zu bringen, wo er vorher auch schon gestanden hatte. Sie dachte weiter. „Vielleicht träume ich aber nur auch und bilde mir da was ein?"

Lord Chambridge saß wieder einmal auf seiner Bank und rauchte seine Pfeife. Etwas brüskiert war er schon, dass ihn seine Margaret verboten hatte, jeweils wieder alleine auszureiten. Anderseits wusste er aber ihre Fürsorge auch sehr zu schätzen. Er wollte aber keineswegs auf seine Ausflüge zu Pferde verzichten, und auch nicht auf die Besuche bei den Klippen. Wo er doch dort jedesmal längere Zeit verweilte, um die Schönheit des Meeres genießen zu können.
Wie er so dasaß, und nachdachte, wie er das Verbot von Lady Margaret umgehen konnte, kam er auf einmal auf eine brillante Idee. „Das muss ich heute Abend mit meiner Frau besprechen." schmunzelte er in sich hinein und rauchte dann doch glücklich über seinen Einfall genussvoll an seiner Tabakspfeife weiter.

Das Abendessen wurde serviert Mathilde fragte die Herrschaften noch nach weiteren Wünschen und zog sich dann diskret aus dem großen Salon zurück. Mathilde war nun schon seit längerem selbständig für das Servieren bei den Mahlzeiten zuständig und übernahm langsam immer mehr Arbeitsbereiche von der älteren Haushälterin Maria. „Bitte ruhen Sie sich doch ein wenig aus." Oder: „Sie dürfen heute früher Schluss machen." Solche Sätze bekam die treue Seele

von den Lordschaften immer öfter zu hören. Auch Mathilde Bluesmoon sagte oft genug „Liebe Maria, lass es gut sein. Ich erledige das schon."
Da saß Maria dann öfters in ihrem kleinen Zimmerchen und beschäftigte sich mit Lesen. „Endlich kann ich mich meinem Hobby auch widmen." sagte sie mit einem dankbaren Blick auf ihre junge Nachfolgerin. Denn inzwischen stand fest, dass die junge Mathilde auch für immer ihre Stelle als Haushaltshilfe, oder besser gesagt, als Haushälterin bei den Lordschaften behalten durfte.
Lord und Lady von Chambridge saßen noch immer im großen Salon beim Abendessen, als Lady Margaret nach noch etwas Tee verlangte. „Sehr gerne, sofort." erwiderte Mathilde und kurze Zeit später hatten die Lordschaften schon den frisch zubereiteten Tee vor sich auf dem Tisch stehen.
„Meine liebe Margret!" sprach da der alte Lord. „Wenn ich eine Begleitperson für meine Ausritte hätte, würdest du dann dein Verbot zurück ziehen?" Fragend ergriff er die Hand seiner Frau und dann sah er sie an. „Wo willst du denn eine Begleitperson hernehmen?" fragte sie und redete dann weiter. „Du weißt, dass ich schon sehr unsicher bin zu Pferde. Da kann ich leider nicht mehr mithalten. Unseren Pferdeknecht kannst du dazu nicht hernehmen und der Stalldiener hat auch nicht so viel Zeit. Er hat immer sehr viel im Stall zu tun. Ansonsten bin ich mir da keinen Rat bewusst, lieber Friedrich."
„Liebe Margaret, mir ist aufgefallen, dass sich unsere Mathilde sehr gut hält auf dem Rücken eines Pferdes. Sie hast du mir doch mitgeschickt, mich zu suchen. Hättest du etwas dagegen, wenn ich die junge Frau darauf ansprechen würde?" fragte der alte Lord liebevoll seine Frau. „Ach, Friedrich, frage sie doch,

aber sei nicht zu enttäuscht, wenn du dir da einen Korb holst, denn Dienstmädchen und Haushälterinnen haben im Normalfall keine Ahnung von Pferden und vom Reiten schon gar nicht." antwortete Lady Margaret nachsichtig und sehr liebevoll.

Kurze Zeit später betrat die Haushälterin Mathilde wieder den großen Salon und wollte beginnen, das übrig gebliebene Abendmahl wieder in die Küche zu bringen. „Kindchen, Lord Friedrich hätte eine wichtige Frage an Sie." sprach Lady Margaret ihre Haushälterin Mathilde an.

Sofort stellte Mathilde den bereits in den Händen haltenden Brotkorb wieder auf dem Tisch ab und erwartete weitere Befehle. „Nein, wir haben keinen Wunsch mehr für heute Abend, nur eine Frage hätte der Lord von Chambridge an Sie." erklärte Margaret und sah Mathilde geflissentlich an. Mathilde, sichtlich etwas nervös geworden, stand abwartend neben dem großen Esstisch im Salon und nickte mit dem Kopf.

Da fing der alte Lord auch schon zu fragen an. „Liebes, junges Fräulein, können Sie reiten?" Auf diese Frage war Mathilde natürlich nicht vorbereitet gewesen und dadurch schaute sie Lord Friedrich schon etwas verdattert an. „Ja, Eure Lordschaft, ich bin eine sehr gute Reiterin." sagte sie schließlich und sah ihre Lordschaften fragend an. „Wären Sie dazu bereit, mit dem Lord ein paarmal in der Woche auszureiten?" fragte jetzt Lady Margaret. „Denn ich möchte nicht noch einmal solche furchtbaren Ängste um ihn ausstehen müssen, wie erst vor Kurzem." hauchte sie noch hinzu.

„Sehr gerne, Eure Lordschaft, wenn ich Ihnen damit eine Freude bereiten kann." erwiderte jetzt Mathilde Bluesmoon und knickste leicht vor ihren Lordschaften. „Bloß, bloß,...ich habe keine..." Mathilde errötete

leicht und sprach den angefangenen Satz nicht mehr zu Ende.
„Mathilde, sprechen Sie." Von Lord Friedrich wurde sie sofort aufgefordert, weiter zu sprechen. „Entschuldigung, selbstverständlich werde ich gerne mit Eurer Lordschaft ausreiten, bloß, bloß, ich habe keine passende Kleidung dazu." sagte dann Mathilde doch noch und errötete wieder, dieses Mal jedoch viel mehr.
„Dieses Problem lässt sich leicht lösen." seufzte Lady Margaret sichtlich gerührt. Wir müssten doch noch alte Reitsachen von unserer Charlotta aufbewahrt haben, da finden wir sicher etwas Passendes für Sie."

„Eure Lordschaft, das kann ich unmöglich annehmen." sagte Mathilde. „Sie brauchen eine passende Reitkleidung, machen Sie sich bitte keine Vorwürfe, Mathilde." erwiderte Lady Margaret. „Sie sind ja noch schlanker als unsere Tochter Charlotta. Wir müssen die Hose und auch die Jacke etwas enger nähen lassen." sprach dann Lady Margaret wieder weiter. Mathilde fügte sich, denn wiedersprechen konnte und durfte sie ihrer Hausherrin nun auch wieder nicht.
Die Haushälterin Maria musste zu Rate gezogen werden. Denn sie war die Einzige, die wusste, in welcher der Truhen am Dachboden die ehemalige, alte Reitkleidung von Lady Charlotta verstaut war. Maria fand auch auf Anhieb das Gewünschte. „Bitte schön, Lady Margaret. Ich habe sie doch selber in dieser Truhe hier zur Aufbewahrung hinein gegeben." sagte Maria und trug dann die gewünschten Kleider über die Dachbodentreppe herab in den Wirtschaftsraum. Und dort begann dann auch gleich das große Anprobieren.
Mathilde musste sich auf einen Sessel stellen und dann wurden mit Stecknadeln und Heftfäden die

Kleidungsstücke an die Figur der Mathilde angepasst und auch gleich fleißig genäht Endlich hatten Maria und Mathilde es geschafft und es folgte eine weitere Anprobe, wo dann endlich voller Zufriedenheit der Rock und auch die Hose passten.

Wie schon des Öfteren kamen der alte Lord und seine weibliche Begleitung wieder einmal von einem ihrer gemeinsamen Ausritte zurück Von Weitem schon sahen sie dieses Mal zwei männliche Gestalten wartend an der Stalltüre des Pferdestalles stehen. Beim Näherkommen entpuppte sich die zweite Person als Matthias von Chambridge. „Mein Sohn ist angekommen. Drosseln wir unser Tempo noch ein bisschen, und verraten Sie mich nicht wegen unserem herrlichen Galopp heute." sagte Lord Friedrich mit einem Seitenblick auf Mathilde. Wunderschön war diese übrigens anzusehen in ihrer eleganten Reitkleidung, welche ihre schlanke Figur sehr gut betonte. Ihre sonst eher strenge Frisur hatte sich wieder einmal, wie schon so oft, beim Reiten gelöst und ihre schon fast hüftlangen, blonden Haare umrahmten ihr liebliches Gesicht wie eine wilde Mähne.
Während der Pferdeknecht Lord Friedrich beim Absteigen behilflich war, war Mathilde schon vom Pferd gestiegen und führte es am Halfter auch gleich in seine Box zurück. Inzwischen begrüßte der alte Lord seinen Sohn, der wieder einmal in seiner Kapitänsuniform vor seinem Vater stand. Mathilde aber ging wie üblich, in das Wohngebäude hinüber, um wieder ihren gewohnten Tätigkeiten nachzugehen.
„Da deine Mutter mir verboten hat alleine auszureiten, habe ich auf ihren allerhöchsten Wunsch eine Begleitung gefunden, welche für mich sorgt, sollte ich eines Tages vom Pferd fallen." erzählte Lord Friedrich

lachend seinem Sohn. „Mathilde reitet übrigens sehr gut und wie liebevoll sie mit den Pferden umgeht. Sowas finde ich wirklich außergewöhnlich für eine Haushälterin. Wir sind sehr zufrieden mit der jungen Dame. Sie kocht sehr gut, putzt sehr gründlich, serviert in Windeseile und reiten kann sie auch. Sie erledigt wirklich alles zu unserer Zufriedenheit und schön ist sie auch noch.“ schwärmte der alte Lord von seiner Haushälterin Mathilde weiter.
Matthias von Chambridge antwortete nicht. „Ich muss mit dir einiges besprechen, mein Sohn. Wir müssen nämlich bald Vorbereitungen treffen wegen dem kommenden Ball, den wir deinetwegen veranstalten werden. Ich hoffe doch, dass du mit der Gästeliste einverstanden bist. Lady Susanne, Lady Katharina und diese Engländerin, …. ach ja, Lady Cornelia heißt die Dame, werden voraussichtlich auch eingeladen. Aber jetzt komme endlich ins Haus, damit du deine Mutter begrüßen kannst.“ beendete Lord Friedrich jetzt seine Erzählungen.
Matthias von Chambridge sagte jetzt zu seinem Vater „Mutter habe ich bereits begrüßt. Sie hat mir doch erzählt, dass du ausgeritten bist. Darum habe ich ja gleich beim Pferdestall auf dich gewartet.“ Da lachte der alte Lord und erwähnte noch „Siehst du wie wichtig es ist, dass du bald der Hausherr von unserem Gut hier wirst. Ich vergesse schon die einfachsten Sachen, wirklich mein Sohn.“ Bei diesen Worten klopfte er Matthias von Chambridge auf die Schulter und ließ ihm dann den Vortritt in das grüne Vorzimmer.
Wieder wurde der allzeit berühmte Tee im Teesalon serviert. Lady Margaret, ihr Gatte und der junge Lord von Chambridge saßen bereits bei Tisch und unterhielten sich. „Sehr vorsichtig bist du heute wieder

mit deinem Pferd unterwegs gewesen." erwähnte Lady Margaret und sah ihren werten Gatten Friedrich liebevoll an. „Selbstverständlich, meine Liebe und in Gedanken immer bei dir." erwiderte der alte Lord. Heimlich dachte er aber an seinen wilden Galopp, der ihm, aber auch den Pferden sehr gut getan hatte. „Mathilde hat also nichts verraten, wie schön." dachte er weiter und schmunzelte.

„Warum lächelst du denn schon wieder, mein Liebster?" fragte Lady Margaret da auch schon. „Ach, weil du nicht mehr so besorgt sein musst um mich, denn mit Mathilde an meiner Seite, da kann mir nichts passieren." antwortete Lord Friedrich.

Da betrat die junge Haushälterin Mathilde auch schon den Salon und stellte die feinsten Kekse und Kuchen auf den Tisch. „Ich habe mir wieder einmal erlaubt, die Küche zu betreten und Kekse zu backen." erzählte Lady Margaret weiter und sagte noch zusätzlich „Bitte, mein Sohn, bediene dich, lasse es dir schmecken."

Während Mathilde den Lordschaften ihre Teetassen befüllte, sagte Lord Friedrich zu seiner Frau „Matthias habe ich schon ein bisschen vorbereitet auf den kommenden Ball. Er weiß bereits Bescheid, dass einige junge Ladys kommen werden, mit ihren Familien natürlich."

Gerade in diesem Moment befüllte die Haushälterin die Teetasse des jungen Lordes. Versehentlich streifte sie mit der Teekanne die Tasse des Matthias von Chambridge, und schon war das Missgeschick passiert. Die Tasse kippte um und die Flüssigkeit ergoss sich über die Tischdecke und auch auf die Ärmel der Kapitänsuniform des jungen Lordes. Lady Margaret stieß einen spitzen Schrei aus, worauf Maria etwas atemlos in den Teesalon gerannt kam. „Lady Margaret, was ist denn mit Ihnen?" fragte sie aufgeregt und sah dann erst die ganze Misere. „Das werden wir selbstverständlich sofort bereinigen.“ sagte sie weiters. Und zu Mathilde gewandt sagte sie „Wie konnte denn das passieren, Mathilde? Du bist doch sonst so geschickt.“

„Entschuldigen Sie bitte, Eure Lordschaften. Es tut mir unendlich leid.“ stammelte Mathilde unter Tränen. Und als sie aller Augen auf sich gerichtet sah, da verließ sie weinend den Salon. „Bitte beruhigen Sie sich.“ sagten da Lord und Lady von Chambridge wie aus einem Munde, doch das hörte Mathilde nicht mehr. Matthias von Chambridge erhob sich jetzt von seinem Stuhl und blickte die Ärmel seiner Uniform an. „Ich werde sofort Mathilde rufen, damit sie sogleich die Flecken auf Ihrer Kapitänsjacke entfernt.“ sagte Maria, während sie gekonnt die Tischdecke wechselte und die Hausherrin noch einmal mit den Worten „Lady Margaret, schauen Sie nur, die wertvolle Porzellantasse ist heil geblieben.“ beruhigte. Jetzt schaute Maria den jungen Lord an und sagte „Wenn Sie mir bitte Ihre Kapitänsjacke geben, damit wir sie so schnell als möglich reinigen können!“

Mit der fleckigen Jacke verließ die Haushälterin Maria dann den Salon, während die Herrschaften nun doch wieder ihren Tee weiter genießen konnten.

Mathilde hatte nun im Wirtschaftsraum alle Hände voll zu tun. Vorsichtig begann sie die Ärmel der Uniform zu reinigen und wusste nicht, dass der junge Lord gerade den Salon verlassen hatte, um sie zu suchen. Daher sah sie auch sehr überrascht auf, als Matthias von Chambridge den Wirtschaftsraum betrat und geradewegs auf sie zusteuerte.

„Es ist doch alles gut.“ redete er zur Haushälterin Mathilde, doch diese fing schon wieder hemmungslos zu schluchzen an. „Komm, Mathilde, bitte beruhige dich." sagte er noch leise hinzu. Mathilde blickte zu dem jungen Lord auf und schluchzte weiter. Da nahm Matthias von Chambridge die Hände der jungen Haushälterin in die Seinen und somit musste Mathilde mit dem Putzen der Uniform innehalten. „Ich werde niemals auf die Vorschläge meines Vaters eingehen. Eher würde ich Gut Chambridge für immer verlassen, als eine von diesen drei Ladys zu ehelichen. Habe keine Angst, Mathilde, auch dieser Ball wird vorüber gehen, und eines Tages wird alles gut sein. Das verspreche ich dir." flüsterte Matthias von Chambridge der jungen Haushälterin zu und streichelte ihr auch noch kurz über ihre Wangen.

Das Geräusch einer geöffneten Türe wurde hörbar. „Ich muss..., sie suchen mich anscheinend schon." sagte Lord Matthias noch leise und ließ eine noch immer sehr aufgewühlte Mathilde wieder alleine im Wirtschaftsraum zurück.

Lord und Lady von Chambridge saßen noch immer im großen Salon und hatten von dieser kleinen Unterhaltung ihres Sohnes nichts mitbekommen. Die eine Person aber, die das knarrende Geräusch mit der Türe verursacht hatte, war aber niemand anderes als die alte Haushälterin Maria. Sie wollte gerade den Wirtschaftsraum von der hinteren Seite betreten und hielt inne, als sie den jungen Lord flüstern hörte.

Und die Haushälterin Maria hatte wirklich jedes geflüsterte Wort deutlich verstanden.

Einige Zeit später erschienen Maria und Mathilde wieder im Teesalon. Maria hielt die inzwischen gereinigte Kapitänsuniformjacke in ihren Händen und sagte ziemlich hektisch „Bitte schön, Eure Lordschaft, sie ist wieder sauber." Dann überreichte sie Lord Matthias die Jacke. „Maria, was haben Sie denn? Jetzt werden Sie ja auch noch nervös. So habe ich Sie ja die ganzen Jahrzehnte nicht erlebt." sprach da sogleich Lady Margaret.

„Entschuldigen Sie bitte Eure Lordschaften, so etwas wird nicht wieder vorkommen." stammelte dann auch noch Mathilde und wurde schon wieder kreidebleich im Gesicht. „Aber so schlimm war das Ganze ja gar nicht, sowas kann jedem einmal passieren." sagte da Matthias von Chambridge sehr sanft und erhob sich vom Tisch, um seine Uniformsjacke in Empfang zu nehmen. Als er in die gereinigte Uniform schlüpfte, drehte er sich der jungen Haushälterin zu. „Sie dürfen mir helfen, die Knöpfe zu schließen." sagte er zu Mathilde. „Denn es ist eine Ehre, einem Kapitän beim Ankleiden seiner Uniform zu helfen und außerdem soll es der helfenden Person Glück bringen. Und.... dem Kapitän auch." sagte er weiters lächelnd. „Jawohl, Eure Lordschaft, sofort." schluchzte Mathilde schon wieder und fing mit zittrigen Händen an, die glänzenden Knöpfe an der Kapitänsuniformjacke von Matthias von Chambridge zuzuknöpfen.

Jetzt war Maria an der Reihe, kreidebleich im Gesicht zu werden. Wie sie jetzt den jungen Lord und Mathilde so zusammen stehen sah, sie beschäftigt mit den Knöpfen an seiner Uniform und er lächelnd auf sie herab sehend, da konnte sich die jahrzehntelange Haushälterin so Einiges zusammen reimen. Sie dachte kurz an das belauschte Gespräch der beiden im Wirtschaftsraum und es fiel ihr wie Schuppen vor den Augen. „Die beiden gehören zusammen, und Matthias von Chambridge wird diese Frau niemals aufgeben, das spüre ich ganz deutlich." So dachte Maria, während sie noch kurze Zeit im Salon verweilte und dann mit Mathilde, die noch einen Knicks vor dem jungen Lord machte, den Raum gemeinsam verließ.

„Lady Margaret und Lord Friedrich müssen blind sein, wenn Ihnen da jetzt nichts aufgefallen ist.“ grübelte Maria noch beim Verlassen des Salons.
Maria beschloss, das Geheimnis für sich zu behalten. Denn wenn das an die Öffentlichkeit kam, würden der alten Lord und auch Lady Margaret sicherlich in Ohnmacht fallen. „Aber eine bessere Frau, als die junge Mathilde würde der junge Lord andererseits auch nirgendwo finden. Wenn nur dieser Standesunterschied nicht wäre.“ überlegte Maria weiter.
Sie versuchte dann in ihrem Zimmer nach getaner Arbeit einzuschlafen, was ihr aber lange nicht gelang. Als sie dann doch fast eingeschlafen war, hörte sie ein Geräusch auf dem Gang und das sehr leise Öffnen und Schließen der Zimmertür von Mathilde, nebenan. „Wenn das nur einen guten Ausgang nimmt.“ dachte sie noch und wurde dann doch noch vom wohlverdienten Schlaf überrascht.
Nachdem die kommende Ballveranstaltung dann endlich ausgiebig besprochen worden war von den edlen Herrschaften, begann Matthias von Chambridge wieder seine Koffer zu packen, denn er musste sich wieder um seine Aufgaben als Kapitän kümmern. „Den Beginn des Balls werden wir dir wissen lassen und bitte sei dieses Mal pünktlich, denn du wirst dort die Hauptperson sein, mein lieber Sohn.“ ermahnte Lord Friedrich seinen Sohn Matthias beim Abschied noch einmal.
„Ja, ist schon gut, Vater.“ erwiderte der junge Lord Matthias von Chambridge und verließ dann sein elterliches Anwesen auf dem schnellsten Weg. „Auf baldiges Wiedersehen, mein geliebter Sohn. Ich freue mich schon sehr auf deine Rückkehr.“ rief ihm Lady Margaret noch nach.

Auch Maria und Mathilde waren bei der familiären Verabschiedung anwesend. Beide knicksten vor dem jungen Lord, winkten ihm freundlich nach und sagten zum Abschied „Eure Lordschaft, auf Wiedersehen." Und schon war Matthias von Chambridge verschwunden.

„Bald sehen wir unseren Sohn wieder. Ich freue mich schon sehr auf den kommenden Ball." sagte Lady Margaret zu Lord Friedrich. „Bald, meine Liebe, bald, und du wirst sehen, unser Sohn wird von selbst die richtige Entscheidung treffen." erwiderte der alte Lord zu seiner Gattin Margaret.

Die Lordschaften sahen aber nicht, wie im selben Moment beide Haushälterinnen ihre Augen niederschlugen. „Und wie Matthias von Chambridge seine richtige Wahl treffen wird." dachte Maria und blinzelte kurz in die Richtung der Mathilde. Mathilde aber stand stumm und starr neben ihr und zeigte keinerlei Regung. „Na, wenigstens rote Wangen hat sie wieder, meine Mathilde." dachte Maria weiter und lächelte ihr dann kurz zu. „Komm, gehen wir wieder an unsere Arbeit, Mathilde." sagte sie dann.

Als die Haushälterinnen dann Anstalten machten, wieder ins Wohngebäude zurückzukehren, da rief ihnen Lady Margaret nach. „Mathilde, wir haben etwas mit Ihnen zu besprechen, und liebe Maria, bleiben Sie bitte auch noch kurz da."

Beide Frauen stoppten wieder ihren Schritt und Maria fragte „Eure Lordschaften haben einen Wunsch?" Lady Margaret lächelte und setzte dann zum Reden an. „Mathilde, möchten Sie sich nicht ein paar Tage ausruhen und ein wenig wegfahren? Lord Friedrich und ich finden, dass Sie sich ein bisschen ausrasten sollten. Selbstverständlich werden Sie wieder auf

unserem Gut sehnlichst zurück erwartet, doch ein bisschen Ruhe soll Ihnen jetzt vergönnt sein."
„Eure Lordschaften, danke." erwiderte Mathilde und ihre Wangen röteten sich. Jetzt zeigte Lord Friedrich auch eine Regung. „Unser liebenswerter Sohn hat uns gestern ganz spontan diesen Vorschlag unterbreitet und wir haben ihm sofort zugestimmt. Er fand, Sie sehen ein wenig überarbeitet aus." lächelte jetzt der alte Lord.
Und zu Maria gewandt, sagte er „Damit sie auch wieder ganz erholt ist, wenn unsere kommende Veranstaltung beginnt. Maria, Sie werden die paar Tage ohne unsere Mathilde auch alleine bewältigen."

Somit durfte Mathilde Bluesmoon eine halbe Stunde später damit beginnen, ihre Koffer zu packen. Sehr bald verabschiedete sie sich von Maria. „Liebe Maria, Auf Wiedersehen. Ich komme recht bald wieder zurück zu dir." Maria antwortete „Liebe Mathilde, genießen Sie die freien Tage." Und sie ergänzte noch „Ich freue mich auf ein Wiedersehen mit Ihnen!"
Bei diesen Sätzen horchte die junge Haushälterin kurz auf. „Nicht „Sie" sagen Maria, wir reden uns doch schon solange mit dem „Du Wort" an." Mit einem ernsten Blick sah Maria in die Augen von Mathilde. „Jawohl, Mathilde, sehr gerne. Ich freue mich auf ein Wiedersehen mit dir und ich vermisse dich jetzt schon schmerzlich." antwortete sie dann sichtlich gerührt.
Auch der jungen Haushälterin Mathilde winkte Maria beim Abschied noch nach, genauso wie dem jungen Lord vor ein paar Stunden. „Wenn sie die Ehefrau von Matthias von Chambridge wird, dann ist es mit dem „Du Wort" vorbei." dachte die Haushälterin und wandte sich um, um wieder ihrer Arbeit nachzugehen.

Etwas seltsam fand sie es aber eigentlich schon, dass Mathilde am selben Tag wie der junge Lord abreiste, um sich ein paar Tage zu erholen. „Das muss ein Zufall sein, denn die Idee kam doch von den Herrschaften. Aber hatte Lord Friedrich nicht vorher gesagt, dass diese Idee ihm sein Sohn Matthias vorgeschlagen hätte?“ überlegte die Haushälterin Maria weiter und machte sich auf den Weg in die Küche. Es musste ja das Mittagsmahl für ihre Lordschaften zubereitet werden.
Maria aber und auch Lord Friedrich mitsamt seiner Lady Margaret ahnten nicht im Geringsten etwas davon, dass sich einige Stunden später der junge Lord von Chambridge und die Haushälterin Mathilde bereits glücklich vereint, in einem abgelegenen Hotel in den Armen lagen und ihrer beider Glück in einigen Tagen noch größer sein würde.

An dem Tag, an dem die junge Haushälterin Mathilde abgereist war, wurde sie von den Lordschaften noch gar nicht so arg vermisst. Doch am nächsten Tag, morgens beim Frühstück, welches Lady Margaret wieder einmal in ihrem rosa geblümten Salon einnehmen wollte, ging es auch schon los. „Meine liebe Margaret, mit wem soll ich denn heute ausreiten, wenn Mathilde nicht hier ist?“ fragte Lord Friedrich seine Gattin und biss dann sogleich in ein frisches Brötchen. Nach einem weiteren Schlückchen Tee und noch einen Bissen von dem knusprigen, frischen Brötchen redete er auch schon weiter. „Meine Liebe, ich vermisse meine Reitlehrerin schmerzlich. Erlaube mir doch, dass ich mich heute ausnahmsweise alleine auf den Weg mache.“
Lady Margaret schaute erschrocken auf. „Nein, mein lieber Friedrich, das kommt überhaupt nicht in Frage,

denn ich hätte da viel zu viel Angst um dich. Gedulde dich doch diese paar Tage und dann ist unsere Mathilde wieder da, gesund und wohlerfrischt."
Das hörte der alte Lord von Chambridge gar nicht gerne. Doch er musste sich fügen, ob er wollte oder nicht. Als Maria den kleinen rosa Salon betrat, bat Lady Margaret sie, doch bitte die Fenster zu schließen. „Haben Eure Lordschaften noch einen Wunsch?" fragte die Haushälterin dienstbeflissen. „Ja" antwortete Lord Friedrich. „Hoffentlich kommt unsere Mathilde bald wieder zurück zu uns. Lady Margaret hat mir nämlich gerade verboten, alleine auszureiten." – „Ein paar Tage Geduld, Eure Lordschaft, dann ist Mathilde wieder da." antwortete Maria. „Oder reiten Sie mit mir aus, Maria?" fragte da der alte Lord, worauf Lady Margaret ein entrüstetes „Friiiedrich!" entschlüpfte. „Friedrich, mein Lieber!!! Du kannst doch unsere brave Maria nicht dazu nötigen, mit dir auszureiten. Also mein werter Gatte, bitte!" entrüstete sich Lady Margaret noch mehr.
Maria hätte sichtlich erschrocken die an sie gestellte Frage auf die Schnelle gar nicht beantworten können. Sie war Lady Margaret sehr dankbar, dass sie sofort die Initiative ergriffen und dem Vorschlag vom alten Lord auf das Heftigste widersprochen hatte. Wie hätte sie Lord Friedrich auch erklären sollen, dass sie noch nie in ihrem ganzen Leben auf dem Rücken eines Pferdes gesessen hatte?

Die Vorbereitungen für die kommende Veranstaltung begannen bereits. Einladungen wurden verschickt, in denen geschrieben stand, dass Lord Matthias von Chambridge, Lord Friedrich und Lady Margaret von Chambridge zum Ball einzuladen gedachten. Matthias von Chambridge wurde als erster Gastgeber genannt

und dann standen in zweiter Reihe erst die Namen seiner werten Eltern. So war auch deutlich „zwischen den Zeilen lesbar", warum denn dieser Ball überhaupt stattfinden sollte.
Jede Familie, die solch eine Einladung bekam, wusste augenscheinlich, wenn auch nur „durch die Blume", dass der junge Lord von Chambridge sich sichtlich bemühte, auf diesem Wege eine Frau fürs Leben zu finden.
Dieser Ball sollte in der großen Empfangshalle vom Castle der Lordschaften standfinden und wenn die große Flügeltüre geöffnet blieb, konnte man wundervoll den hinteren Teil des außenliegenden Parkes als Veranstaltungsort mit ein beziehen. Maria und Mathilde waren fleißig dabei, die großen Fenster zu putzen, denn es sollte alles nur so vor Sauberkeit glänzen.
Mathilde war wirklich nach einigen Tagen von ihrer kleinen Erholungsreise zurück gekehrt auf das Gut der Herrschaften und am meisten freute sich Lord Friedrich. „Kindchen" nannte er sie auch sogleich, um dann mit einem griesgrämigen Gesichtsausdruck weiter zu erzählen. „Mathilde, stellen Sie sich vor, Lady Margaret hat mir verboten, alleine auszureiten. Ich bin so froh, Sie wieder hier zu haben, denn ich habe Sie auf das Schmerzlichste vermisst." Kaum hatte Mathilde ihren Koffer auf ihr Zimmer getragen, musste sie auch schon in ihre Reitkleidung schlüpfen um dann dem alten Lord seinen sehnlichsten Wunsch zu erfüllen. Sogar die Pferde standen schon gesattelt bereit, und dann ging es los über Stock und Stein. „Eure Lordschaft, kommen Sie." sagte Mathilde und hielt sein Pferd am Halfter fest, damit der alte Lord von Chambridge ungehindert in den Steigbügel steigen und sich auf den Rücken seines Pferdes setzen konnte.

Maria putzte inzwischen alleine weiter. Als Mathilde sich dann nach dem Ausritt mit dem Lord wieder zu ihr gesellte, sah Maria um den Hals von Mathilde ein kleines Medaillon glitzern. „Oh eine schöne Kette hast du da." erwähnte Maria so beiläufig wie möglich und wischte dabei weiter fleißig am Boden. Jetzt sah Mathilde zu Maria hoch, denn auch sie kniete auf dem Fußboden, um diesen ebenso so schön als möglich zu reinigen. „Ja" sagte sie. „Mir gefällt sie auch sehr gut." Dabei griff sie an das Medaillon und hielt es kurz in ihren Händen. Maria schaute noch einmal kurz auf die schöne Kette, samt dem goldenen Medaillon. Auch den glückseligen Gesichtsausdruck von Mathilde beobachtete sie kurz. „Sei vorsichtig, dass du deine Kette beim Arbeiten nicht verlierst. Es wäre doch schade um das gute Stück." sagte Maria noch etwas leiser, bekam aber jetzt keine Antwort mehr von Mathilde. Mathilde blickte geradeaus auf den Fussboden und sagte dann leise „Bald haben wir es geschafft, Maria. Schau nur."
Maria antwortete mit einem „Ja" und dachte sich aber „Ja, bald haben wir es geschafft mit dem Fussboden hier, aber was du sonst noch schaffen musst..."
Im Geheimen tat ihr Mathilde sehr leid. Denn was da noch auf sie zukam, würde sicher nicht einfach werden, nicht für Mathilde und für den jungen Lord Matthias schon gar nicht. Eines aber wusste Maria mit Sicherheit. Matthias von Chambridge würde nie und nimmer von diesem wunderbaren Geschöpf, das in diesem Moment gerade mitten auf dem Fussboden der großen Empfangshalle kniete, lassen.
Tische wurden aufgestellt, und auch die kleinen Zelte, welche schon bei der Hochzeit von Lady Charlotta benutzt wurden. Der Platz für das Tanzpodium wurde in der Nähe der Bäume festgelegt, und wiederum

wurde ein riesiges Buffet aufgebaut. Blumenschmuck gab es auch dieses Mal in Hülle und Fülle. Die Musiker bekamen gleich neben dem Tanzpodium ein schattiges Plätzchen zugeteilt.
„Hoffentlich kommt unser Sohn wenigstens dieses Mal pünktlich." seufzte Friedrich von Chambridge. „Ja, hoffentlich!" antwortete Lady Margaret. „Dass solche großen Schiffe aber auch immer so unpünktlich sein müssen, mein lieber Friedrich." seufzte jetzt auch sie.
Die ersten Gäste kamen indessen schon an. Lady Susanne mit ihren werten Eltern waren die ersten, die gerade eingetroffen waren. Die Begrüßung durch die beiden Lordschaften war sehr herzlich ausgefallen. Lady Susanne trug wie ihre ehrenwerte Mutter heute Rosa, ein wunderschönes, langes rosafarbenes Kleid mit bestickten Blümchen darauf, ebenfalls in der Farbe rosa gehalten. Es war an der Taille sehr eng geschnitten und fiel dann in vielen Stofffalten glockenförmig auseinander. Der Oberteil ihres wunderschönen Kleides war sehr weit ausgeschnitten, und auch mit rosa Blümchen bestickt. Die dazu passenden Schuhe waren ganz in weiß gehalten. Ihre Mutter trug ein sehr ähnliches Kleid, jedoch ohne bestickte Blümchen.
Von Maria und Mathilde wurden sofort Erfrischungsgetränke angeboten, was Lady Susanne und ihre Eltern sehr gerne annahmen. Und dann kamen auch schon etliche andere geladene Gäste angefahren, und auch diese wurden auf dieselbe herzliche Art von Lord und Lady von Chambridge begrüßt. Langsam füllte sich die große Empfangshalle und auch außerhalb der großen Flügeltür fühlten sich die anwesenden Gäste sehr wohl. Auch Lady Katharina und ihre Familie waren schon anwesend. Als letzte erschienen waren dann die edle Familie aus England,

Lady Cornelia miteinbegriffen. Dafür hatten sie noch eine minderjährige Kusine ersten Grades mitgebracht. „Sie liebt Pferde über alles und so haben wir Hannah den sehnlichsten Wunsch erfüllt, auf Ihr wunderschönes Fest hierher mitzukommen." erzählte die Mutter von Lady Cornelia. Gespräche und Plaudereien entwickelten sich unter den anwesenden Gästen und es machte den Eindruck, dass sich die Herrschaften wirklich sehr wohl fühlten. Und es stimmte auch, die Gäste fühlten sich großartig, denn Lord und Lady von Chambridge waren wirklich entzückende Gastgeber.

Nur eine Person fehlte noch immer. Nehmlich genau die Person, welche auf den schriftlichen Einladungen an erster Stelle als Gastgeber gestanden hatte und das war niemand anderer als der junge Lord Matthias von Chambridge.

„Ich muss mich bei den anwesenden Gästen für die Abwesenheit meines Sohnes entschuldigen." flüsterte Lord Friedrich seiner Gattin leise zu.

„Wo er denn nur ist? Er hat doch versprochen dieses Mal pünktlich zu sein. Dass diese großen Schiffe aber auch immer….." Lady Margaret verstummte und deutete in die Richtung der großen, weit geöffneten Flügeltür. „Er ist da. Friedrich, unser Sohn ist da." sagte sie dann erleichtert.

Der junge Lord Matthias von Chambridge stand inmitten der Flügeltür und nahm gerade ein erfrischendes Begrüßungsgetränk von der Haushälterin Mathilde in Empfang. Mit dem vollen Glas in der Rechten stand er einfach da und überblickte die sich blendend unterhaltende Gästeschar. Mathilde knickste noch artig vor dem jungen Lord und entfernte sich wieder, um sich weiterhin auch um die anderen Anwesenden zu kümmern.

Die alte Haushälterin Maria stand gerade beim Buffet, denn einige Gäste hatten schon Hunger bekommen und Maria war sehr bemüht, ihnen auch die gewünschten Speisen auf die Teller zu legen. Aus den Augenwinkeln sah sie den jungen Lord aus der Empfangshalle treten und beobachtete genau, wie dieser sich suchend umblickte. Sie bemerkte auch das kurze, kleine Lächeln auf seinen Lippen, als er die Haushälterin Mathilde mit ihrem Serviertablett entdeckte.

Mathilde war auch recht schnell auf Matthias von Chambridge zugekommen. Mit einem kleinen Knicks hatte sie ihm ein Getränk angeboten und dabei hatte sie mit einer Hand kurz das goldene Medaillon, welches ihren schlanken Hals zierte, umfasst. Das alles hatte die alte Haushälterin Maria, während sie bei den Speisen bediente, in wenigen Sekunden festgestellt. Lady Susanne kam auch auf Maria zugeschwirrt. „Ich möchte so gerne diesen berühmten Trüffelpudding verkosten. Er soll ja die Lieblingsspeise von Lord Matthias sein." sagte sie gut gelaunt zu Maria. „Jawohl, Lady Susanne, Ihr Trüffelpudding, bitte schön." antwortete Maria. Bei diesen Worten blickte sie wieder zu der großen Flügeltüre hinüber und sah gerade, wie Mathilde einen zweiten Knicks vor dem jungen Lord ausführte und sich dann wieder den anderen Gästen zuwandte.

Lady Susanne aber steuerte mit ihrem beladenen Teller und einem kleinen silbernen Löffel in der Hand direkt auf Matthias von Chambridge zu.

An und für sich waren Lord Friedrich und Lady Margaret mit ihren geladenen Gästen sehr zufrieden. Die noch sehr junge Hannah hatte sich gefreut, als sie endlich in den Pferdestall geführt wurde. Hier war der Stalldiener dann längere Zeit sehr damit beschäftigt, die junge Lady von einer Pferdebox zur nächsten zu führen und die Namen der Tiere aufzuzählen.

„Ob sich unser lieber Sohn noch heute für eine der jungen Ladys entscheiden wird?“ fragte Lord Friedrich, während er seine Gattin wieder einmal auf das Tanzparkett führte. „Bitte, mein lieber Friedrich, lass ihn doch in Ruhe wählen, lass ihm bitte die nötige Zeit dazu. Selbst wenn er sich heute noch nicht entscheiden kann, hat er doch jetzt einmal die Möglichkeit, die Ladys ein wenig näher kennen zu lernen.“ erwiderte Lady Margaret. „Da hast du wieder einmal recht, meine liebe Margaret. Mir persönlich würde die Engländerin am meisten zusagen, Lady Cornelia meine ich.“ flüsterte der alte Lord seiner Gattin während ihres Tanzes ins Ohr. „Hast du mit meiner Wenigkeit nicht genug, mein lieber Friedrich?“ fragte Lady Margaret und schmiegte sich etwas enger an ihren Gatten. Lord Friedrich erwiderte nichts, sondern drückte seine Lady Margaret während ihres gemeinsamen Tanzes noch fester an sich.

Der junge Lord von Chambridges hatte bis in den späten Abend hinein wirklich genug getanzt. Heute war er sehr elegant gekleidet mit einem schwarzen Anzug und einer passenden dunkelroten Krawatte. Man konnte sehen, dass er auch ohne seine Kapitänsuniform eine sehr gute Figur machte. Groß gewachsen und schlank zog er immer wieder die Blicke der anwesenden Damenwelt auf sich. Jede einzelne der Ladys, egal ob jung oder alt, hatte das Vergnügen, von ihm zum Tanze geführt zu werden.

Die Außenbeleuchtung wurde angedreht und auch von der großen Empfangshalle schimmerte die Beleuchtung durch die noch immer geöffnete Flügeltür und auch durch die großen Fenster ins Freie. Es versprach

wirklich ein sehr romantischer Abend für alle Anwesenden zu werden.
Lady Susanne hatte des Öfteren mit Matthias von Chambridge getanzt und auch mit ihm zusammen Trüffelpudding gegessen. Lady Katharina in ihrem hellblauen Kleid wurde ebenso von dem jungen Lord zum Tanzen aufgefordert und glaubte sich anscheinend schon am Ziel ihrer Wünsche, den jungen Lord erobert zu haben, nur weil er ihr einmal ein kleines Lächeln schenkte. Die Engländerin, Lady Cornelia war mit einen beigen Rüschenkleid angereist, und fand, dass Matthias sehr gute Figur mache in seinem Anzug, aber viel lieber würde sie ihn sehr gerne einmal sehen in seiner Kapitänsuniform. Lady Cornelia war eine entzückende junge Dame, wirklich, und teilweise auch sehr humorvoll und warmherzig. Der alte Lord von Chambridge war sehr angetan von ihr und schwärmte immer wieder von Lady Cornelia, seiner werten Gattin gegenüber. „Lady Katharina ist aber auch sehr hübsch und Lady Susanne sowieso. Ich bin schon sehr neugierig, wie unser lieber Sohn sich entscheiden wird.“ erwähnte er zum wiederholten Male zu seiner Lady Margaret.
„Meine Wahl damals war ja nicht so schwierig, meine liebe Margaret. Als ich dich damals auf dem Pferdemarkt gesehen habe, wusste ich sofort, dass du die richtige Frau für mich warst.“ sprach Lord Friedrich und zwinkerte seiner Gattin zu, worauf sich diese natürlich sehr geschmeichelt fühlte.
Irgendwann hatte dann auch dieser wunderschöne Abend ein Ende. Die edle Gästeschar begann sich langsam aber sicher zu verabschieden. Lady Charlotta und Ihr Fabrikantengatte würden noch ein paar Tage auf Gut Chambridge bleiben. Hubert wollte sich einmal ein wenig Auszeit nehmen, von seinem anstrengenden,

arbeitsreichen Leben. „Dafür bist du auch sehr erfolgreich, mein lieber Schwiegersohn.“ sagte der alte Lord von Chambridge. „Aber ein bisschen Ausruhen von deinem arbeitsreichen Leben schadet dir bestimmt nicht.“ ergänzte er dann noch mit einem anerkennenden Blick auf den Ehemann seiner Tochter.
Die beiden Haushälterinnen begannen bereits mit den ersten Aufräumarbeiten. „Alles schaffen wir heute nicht mehr. Das ist einfach unmöglich. Wir werden jetzt das Buffet fertig abtragen und die restlichen Teller und Tassen einsammeln. Den Rest erledigen wir morgen bei Tageslicht.“ sagte Maria zu Mathilde. Mathilde bejahte und dann arbeiteten sie Hand in Hand weiter. Sie waren wirklich zusammen ein gutes Team, die beiden.
Lady Margaret und Lord Friedrich wollten noch einen Tee trinken, dieses Mal im großen Salon. „Selbstverständlich, Eure Lordschaften, sofort.“ beeilte sich Mathilde zu sagen. „Mein lieber Sohn, komm du doch bitte auch in den Salon. Deine Mutter und ich möchten uns noch kurz mit dir unterhalten.“ redete Lord Friedrich zu dem jungen Lord. „Ja, Vater, ich werde euch diesen Wunsch heute noch sehr gerne erfüllen. Obwohl ich schon sehr müde bin vom vielen Tanzen. Morgen muss ich ja schon sehr früh abreisen.“ antwortete Matthias von Chambridge.
Mathilde trug kurze Zeit später den Tee zu den Lordschaften. „Liebe Mathilde, wenn Sie meinen Sohn sehen, sagen Sie ihm bitte, er möge recht bald zu seinen Eltern kommen.“ trug der alte Lord Mathilde auf, sie möge seine Nachricht an Matthias von Chambridge so schnell als möglich ausrichten.
Mathilde eilte wieder aus dem großen Salon und machte sich auf die Suche nach dem jungen Lord. In der Empfangshalle war er nicht zu finden.

Sicherheitshalber schaute sie auch noch in der Küche nach ihm. Doch hier war er auch nicht. Jetzt eilte sie wieder zurück in die Empfangshalle, um dann durch die noch immer geöffnete Flügeltüre ins Freie zu treten. Als sie sich den Bäumen näherte, sah sie im Schein der Außenbeleuchtung den jungen Lord etwas abseits auf einem Stuhl sitzen. Mathilde kam näher und sagte „Eure Lordschaft sollte so schnell als möglich zu den Lordschaften in den großen Salon kommen."

„Matthias von Chambridge reagierte aber mit keinem Wort. Still und stumm saß er da und betrachtete die jetzt im Dunkeln liegende Festtagswiese, deren Rand jedoch unter der Außenbeleuchtung leicht erhellt war. „Eure Lordschaft, werden sehnlichst von Ihren Eltern im großen Salon erwartet." wiederholte Mathilde noch einmal und trat noch näher zum jungen Lord von Chambridge hin. Da reagierte Matthias plötzlich auf das Gesagte und schaute auf die Haushälterin Mathilde, welche jetzt schon sehr nahe bei ihm unter den Bäumen stand. „Ich erwarte auch jemandem sehnsuchtsvoll." flüsterte jetzt Matthias von Chambridge, erhob sich blitzschnell von seinem Stuhl und zog Mathilde hinter sich her in die sichere Dunkelheit der großen, wuchtigen Bäume.

„Matthias bist du verrückt geworden?" fragte Mathilde jetzt im Schutze der Dunkelheit. Du sollst sofort zu deinen Eltern ko…." Den weiteren Satz konnte sie nicht mehr fertig aussprechen, denn der junge Lord umarmte sie stürmisch und drückte ihr einen langen Kuss auf ihre lieblichen Lippen. Lange standen sie ungesehen im Schutze der Dunkelheit und hielten sich fest umarmt.

Da hörten sie Maria, wie sie ebenfalls den jungen Lord suchte. „Eure Lordschaft sollen in den großen Salon kommen!" rief Maria durch die Flügeltüre, drehte sich

um und ging wieder zurück in die Eingangshalle, um sich dort mit dem Tische abräumen zu beschäftigen.
Da löste sich Matthias von Chambridge von Mathilde und drückte ihr noch zum Abschied einen Kuss auf die Stirn. Maria sah ihn auch gleich aus der Dunkelheit der Bäume heraus auf die Empfangshalle zuschreiten und sie arbeitete ohne aufzuschauen weiter. Als der Lord dann durch die Halle durchgegangen war in die Richtung des großen Salons, begab sich Maria in die Küche, denn sie wollte Mathilde auf keinen Fall in Verlegenheit bringen.
Denn was Lord Matthias dort im Dunkeln unter den alten Bäumen suchte, wollte die Haushälterin Maria erst gar nicht so genau wissen. Wenig später erschien auch Mathilde mit einem weiteren Stapel Geschirr in der Küche und der große Abwasch konnte beginnen.

„Mein Sohn, endlich bist du da. Warum hast du uns denn so lange warten lassen?“ fragte Lady Margaret.
„Mutter, entschuldige bitte, ich wollte nur die angenehme Abendstimmung noch ein wenig genießen.“ antwortete der junge Lord von Chambridge.
„Setze dich doch noch ein wenig zu uns und erzähle uns wie dir der Ball gefallen hat?“ fragte der alte Lord neugierig.
„Lieber Vater, dieser Ball war sehr schön. Er hat mir sehr gut gefallen.“ antwortete Matthias von Chambridge. „Du hast sehr viel getanzt, mein Sohn.“ stellte Lady Margaret fest und sah ihren Sohn erwartungsvoll an. „Sage mir doch, mit wem hast du denn am liebsten getanzt?“ fragte sie weiter. „Wenn du mich so fragst Mutter, dann kann ich dir sagen, mit der Mutter von Lady Susanne.“ antwortete Matthias prompt. „Mit der Mutter von Lady Susanne? Wieso denn mit der Mutter von…?“ fragte jetzt Lady

Margaret etwas nervös. „Nun, sie ist die beste Tänzerin von allen anwesenden Damen gewesen." erwiderte der junge Lord jetzt etwas trocken.
„Jetzt sage einmal, mein Sohn, welche der jungen Ladys hat dir denn am besten gefallen?" wechselte jetzt Lord Friedrich die Fragestrategie. „Werter Vater, alle anwesenden jungen Ladys waren wirklich sehr entzückend." antwortete wiederum Lord Matthias höflich. „Aber möchtest du denn nicht eine der jungen Ladys näher kennen lernen?" fragte Lord Friedrich vorsichtig weiter.
Der junge Lord blickte stumm zu den Fenstern, von den Fenstern zu der gläsernen Vitrine, um dann kurz seinen Blick mit gesenktem Haupt auf die Tischplatte mit dem seidenen Tischtuch zu lenken. Dann hob er seinen Kopf wieder, um seinen Vater anzublicken. „Lieber Vater, liebe Frau Mutter!" begann er dann zu sprechen. „Die jungen Ladys sind, wie schon gesagt, allesamt sehr entzückende Wesen. Mehr kann ich leider für keine von ihnen empfinden. Es tut mir leid." sprach dann Lord Matthias von Chambridge wieder und erhob sich dabei, um seiner Mutter die Stirn zu küssen. „Ich möchte mich jetzt gerne zu Bett begeben, denn es war ein sehr langer Tag für mich." Mit diesen Worten verließ er dann auch schon den großen Salon und ließ eine erschrockene Lady Margaret und einen sehr nachdenklichen Lord Friedrich allein zurück.
Am Morgen danach fand wieder der tägliche Ausritt vom alten Lord statt, natürlich in Begleitung von Mathilde. Als sie zurückkehrten, war Matthias von Chambridge bereits abgereist. „Ich hätte ihn gerne vor seiner Abreise noch einmal gesprochen." war Lord Friedrich leicht verstimmt. „Er lässt dich herzlichst grüßen, hat er mir beim Abschied gesagt, und dass er

sein Schiff nicht länger warten lassen könne." erzählte Lady Margaret ihrem Gatten.
„Wie sollen wir uns denn jetzt weiter bemühen, für unseren Sohn eine passende Frau und auch für Gut Chambridge eine Herrin zu finden, wenn ihm diese junges Ladys nicht zusagen?" fragte Lord Friedrich seine Lady Margaret.
„Andere junge, heiratsfähige Damen unseres Standes gibt es zurzeit keine. Und Hannah ist noch um einige Jahre zu jung für eine Heirat. Ich weiß mir leider keinen Rat, mein lieber Friedrich." sagte Lady Margaret etwas zaghaft. „Meine liebe Margaret, beim nächsten Heimkommen unseres Sohnes werde ich ganz einfach mit ihm ein Machtwort sprechen, denn so kann es auf keinen Fall weitergehen. Im Prinzip hat er allen drei Ladys vor den Kopf gestoßen, und ihren Familien auch. Denn warum dieser Ball stattgefunden hat, glaube ich, hat jeder der anwesenden Gäste gewusst." sagte Lord Friedrich von Chambridge etwas pikiert.
Lady Margaret rang kurz nach Luft. „Bitte beruhige dich, bitte mein lieber Friedrich, bitte beruhige dich. Es wird schon noch alles gut werden." Sie rief nach Maria. „Maria, öffnen Sie bitte kurz ein Fenster, mir ist nicht gut." rang Lady Margaret noch immer nach Luft. „Brauchen Eure Lordschaft einen Arzt?" fragte Maria besorgt. „Nein, Maria, ich fühle mich schon wieder besser, danke." erwiderte Lady Margaret.
Um das Fenster wieder zu schließen, kam dann kurze Zeit später Mathilde. „Kann ich noch etwas für Eure Lordschaft tun?" fragte auch sie höflich. „Nein, danke, es geht mir schon wieder hervorragend." sagte Lady Margaret.
Die Haushälterin verließ den Raum wieder und Lord Friedrich und Lady Margaret blieben allein zurück.

So vergingen dann die nächsten Tage und die Wochen. Lord und Lady von Chambridge waren auf der Suche nach etwaigen anderen Heiratskandidatinnen für ihren Sohn, wurden aber nicht fündig. Die Haushälterinnen Maria und Mathilde verrichteten täglich ihre Arbeiten, der Pferdeknecht und der Stalldiener betreuten den Stall und die Pferde, und der junge Lord von Chambridge war auf hoher See.

Bis sich eines Tages Mathilde in der Küche arbeitend, auf einmal schmerzhaft zusammen krümmte. „Mathilde, was hast du denn?“ fragte Maria sofort und legte das große Küchenmesser beiseite. Da lief aber Mathilde schon auf und davon in Richtung der Toiletten und der Waschräume des Personals. Maria blieb nichts anderes übrig, als sofort hinterher zu laufen. „Mathilde, was ist denn mit dir?“ rief Maria durch die geschlossene Tür in den Raum, öffnete dann aber doch die Tür, da sie keine Antwort bekam. „Mir ist so furchtbar speiübel, Maria.“ sagte da Mathilde und musste sich gleich noch ein zweites Mal übergeben. „Du bist ja weiß wie die Wand, liebe Mathilde. Du musst so schnell als möglich einen Arzt aufsuchen.“ sagte Maria. „Ach, nein“ erwiderte Mathilde. „Ach, doch, und zwar noch heute.“ befahl da die Haushälterin. Und als Mathilde wieder etwas erwidern wollte, da hängte Maria noch an „Keine Wiederrede, jetzt komm!“ Gegen Nachmittag kam Mathilde Bluesmoon von ihrem Arztbesuch wieder zurück auf Gut Chambridge. „Wie geht es dir?“ fragte gleich Maria, und war noch immer sehr besorgt. „Der Arzt sagte, ich hätte mir etwas meinen Magen verdorben, also kein Grund zur Sorge, liebe Maria.“ antwortete Mathilde.
Als aber am nächsten Tag wieder dasselbe passierte und am übernächsten Tag auch und Mathilde mit

einem Gesicht herum lief, welches wirklich bald weißer als die Wände waren, kratzte sich die alte Haushälterin Maria einmal kräftig an ihrem Kopf. „Wenn das eine Magenverstimmung ist, dann bin ich ein Pferdeknecht.“ dachte sie sich.

Als es ans Servieren im großen Salon ging, betätigte diese Arbeit Maria seit dem Arztbesuch von Mathilde. „Wo ist denn unsere Mathilde?“ fragte da gleich am ersten Tag Lady Margaret. „Eure Lordschaft, Mathilde fühlt sich ein wenig kränklich, und so ist sie in der Küche zur Zeit besser aufgehoben.“ antwortete Maria und knickste höflich vor ihren Herrschaften. Maria hatte mit „etwas kränklich“ genau den richtigen Ton angeschlagen, denn so konnten die morgendlichen Ausritte mit Lord Friedrich und Mathilde auch nicht stattfinden. „Wir wünschen gute Besserung!“ sagten der Lord und Lady Margaret gleichzeitig, und Lord Friedrich ergänzte noch „Ich werde erst wieder ausreiten, wenn es unserer Mathilde wieder besser geht.“

„Nun war guter Rat teuer.“ sagte sich Maria und setzte sich in der Küche erst einmal hin. „Ich werde Mathilde einfach darauf ansprechen, was soll ich denn sonst tun? Diese Magenverstimmung kann man nämlich nicht auf die Dauer geheim halten.“

Und da betrat Mathilde auch schon die Küche. „Mathilde, komm setze dich einmal kurz her zu mir, bitte.“ sagte da auch schon Maria. Mathilde setzte sich auch gleich und sah Maria fragend an. „Mathilde, ich muss dich jetzt etwas fragen und dieses Gespräch wird unter uns bleiben, dass verspreche ich dir.“ sagte da Maria.

Jetzt wurden Mathildes Augen noch größer, als schon ohnehin und sie setzte noch einen fragenderen Blick

auf. Marias Frage war dann kurz und bündig. „Wann ist es soweit?“ fragte sie und sah Mathilde an.
Da rollten plötzlich große Tränen über das Gesicht von Mathilde. „Um die Jahreswende“ sagte sie dann und ihre Tränen wurden noch mehr. Maria konnte nicht anders. Sie musste Mathilde, welche sie im Laufe der Zeit sehr lieb gewonnen hatte, einfach umarmen und an sich drücken. „Wir werden ihm einfach eine Nachricht schicken, er muss es doch auch so schnell als möglich erfahren, dass er Vater wird.“ sagte dann Maria leise. Jetzt war Mathilde an der Reihe, ratlos zu werden. „Woher weißt du….?“ fragte sie erschrocken und trocknete ihre Tränen. „Ach, deutlicher geht es doch nicht mehr, du bist in anderen Umständen, Kindchen, oh Pardon, junge Lad…., junge Frau. Schicken Sie…., schicke ihm eine Nachricht.“ sagte Maria und als Mathilde sie verständnislos anblickte, sagte sie es noch einmal, aber deutlicher. „Mathilde, du musst jetzt Lord Matthias von Chambridge eine Nachricht schicken, und das so schnell wie möglich.“
„Woher weißt du…..?“ stammelte da Mathilde und man konnte deutlich sehen, wie sie noch mehr erblasste. Da sagte Maria „Liebe Mathilde, ich bin doch nicht blind. Ich arbeite schon viele Jahre hier bei den ehrenwerten Lordschaften und ich weiß noch sehr genau, wie der junge Lord geboren wurde. Habe keine Angst, Lord Matthias von Chambridge wird zu dir stehen und das sein ganzes Leben. Euer Geheimnis ist bei mir gut aufgehoben, ich werde kein einziges Wort verraten, und jetzt schicke ihm eine Nachricht, aber schnell.“

Die See war rau und ein riesiges Schiff kämpfte gegen die meterhohen Wellen, als ein Funkspruch für den Kapitän höchstpersönlich einging in der Kommandozentrale. „Wie bitte? Ich kann Sie so schlecht verstehen?“ brüllte der Kapitän in das Funkgerät. „Käpt’n Chambridge, Sie werden….“ - „Waas, ich verstehe nicht.“ brüllte der Kapitän schon ziemlich genervt wieder in das Funkgerät. Jetzt schien die unsichtbare Verbindung aber doch besser zu werden, denn der Kapitän bekam endlich zu hören „Käpt’n Chambridge, Sie werden zuhause erwartet. Sie werden Vater!“

Drei Tage später traf der junge Lord von Chambridge auf seinem elterlichen Anwesen ein. „Mein lieber Sohn, hast du Sonderurlaub bekommen?“ freute sich Lady Margaret ersichtlich. „Ja, Mutter“ erwiderte Matthias von Chambridge.

„Wieso denn das?“ fragte sichtlich vergnügt Lord Friedrich und dachte an die geladenen jungen Ladys vom Ball. „Da sagte Lord Matthias „Ganz einfach, ich werde Vater!“

Jetzt war Stille im großen Salon. „Wie bitte?“ fragte Lady Margaret tonlos. „Und wer ist die glückliche Mutter?“ fragte Lord Friedrich. „Ich werde sie euch gleich vorstellen, meine lieben Eltern.“ sagte der junge Lord. Dann verließ er so schnell er konnte den Salon und ließ einen ratlosen Friedrich von Chambridge und noch eine ratlosere Lady Margaret zurück.

Bald darauf klopfte es an der Tür des großen Salons und der junge Lord trat wieder ein. „Wo ist denn nun die unbekannte Lady?“ fragte Friedrich von Chambridge und sah seinen Sohn fragend an. Mathilde hatte gleich dicht hinter Matthias von Chambridge ebenfalls den Salon betreten und Lady Margaret sagte „Mathilde, Sie können sich zurückziehen, wir haben zur Zeit keinen Wunsch.“

Da legte Matthias von Chambridge seinen Arm um die Schultern von Mathilde und sagte „Hier ist sie, die junge Lady.“

Friedrich und Margaret von Chambridge wurden beide starr vor Schreck, bis Lady Margaret hysterisch zu kreischen begann und sofort war da auch schon Maria, die gute Seele von einer Haushälterin zur Stelle und hielt Ihrer Lordschaft ein Fläschchen mit Riechsalz unter ihre edle Nase, damit sie sich von ihrer kurzen Ohnmacht erholen konnte. „Bitte Lady Margaret, bitte Eure Lordschaft beruhigen Sie sich." redete Maria leise und sehr einfühlsam. „Diese Schande" flüsterte Lady Margaret jetzt.

Auch Lord Friedrich war entsetzt. „Mein Sohn, hier kommt eine Ehe nicht in Frage, sie ist nicht von unserem Stand. Eine Bürgerliche wirst du niemals ehelichen, niemals, hast du das verstanden?"

All das Gesprochene musste sich unglücklicherweise auch die arme Mathilde anhören, und ihr rannen die vielen Tränen bereits wie ein Rinnsal über ihr ganzes Gesicht.

Matthias von Chambridge hatte während dieser wirklich hässlichen Szenen noch immer seinen Arm um die Schultern von Mathilde gelegt und er sagte jetzt „Lieber ehrenwerter Vater, ich werde sicher niemanden ehelichen, denn ich bin schon seit sehr kurzer Zeit verheiratet." Fest an sich gedrückt hielt er seine Mathilde bei diesen Worten, während er weiter redete. „Und von meiner Frau werde ich niemals lassen, eher werde ich auf Gut Chambridge verzichten."

Augenblicklich musste Maria ihr Fläschchen mit dem Riechsalz wieder zum Einsatz bringen, um die nächste Ohnmacht von Lady Margaret zu verhindern.

„Ich habe leider keine andere Möglichkeit gehabt, denn niemals hätte ich von euch die Einwilligung bekommen, eine Bürgerliche zu ehelichen." sagte der junge Lord sehr sanft zu seinen noch immer sehr

geschockten Eltern und küsste die noch immer schluchzende Mathilde liebevoll auf die Stirn.
Auch Maria hatte aufgehorcht und dachte sich wieder einmal „Aha". Denn dass der junge Lord und Mathilde bereite heimlich die Ehe eingegangen waren, das hatte nicht einmal sie gewusst.
„Werter Vater, meine liebe Mutter!" Mit dieser sehr geschätzten Anrede setzte Lord Matthias von Chambridge sein Gespräch an seine Eltern weiter fort. „Mathilde hier als Haushälterin herzuschicken, war übrigens meine Idee, denn so konntet ihr sie gleich kennenlernen. Ihr wart mit Mathilde sehr zufrieden hier auf Gut Chambridge. Sogar du, mein lieber und ehrenwerter Vater, hast einmal erwähnt, du möchtest Mathilde nie mehr weglassen. Sogar deine herrlichen Morgenausritte sind dir durch sie ermöglicht worden, und das noch auf Anraten meiner Frau Mutter. Ich musste sie still und heimlich heiraten, denn niemals hätte ich eure Einwilligung von euch erhalten eine Bürgerliche zu ehelichen. Nun genug der Worte, weiter dürft jetzt ihr entscheiden, meine lieben Eltern. Es kann ermöglicht werden meine Frau, die übrigens euer Enkelkind erwartet, zu einer Lady von Chambridge und einer Gutsherrin zu erheben, oder aber kann sie auch gerne die Gattin eines Kapitäns bleiben."
Jetzt sprang Lord Friedrich von Chambridge auf aus seinem bequemen Stuhl, welcher mit weichem Samt überzogen war und verließ eiligen Schrittes den Salon. Wiederfinden tat man ihn dann zwischen seinen geliebten Blumenbeeten, sitzend auf der Bank und zwischen seine Lippen hatte er seine Pfeife geklemmt. Nachdem der junge Lord seiner Mutter noch die Stirn geküsst hatte, und seine angetraute Gattin Mathilde einen tiefen Knicks vor Lady Margaret vollführt hatte,

mit den Worten „Bitte verzeihen Sie, Eure Lordschaft.“, verließen beide den großen Salon und machten sich auf die Suche nach Lord Friedrich.
Die Haushälterin Maria blieb indessen bei der völlig aufgelösten und noch immer unter Schock stehenden Lady Margaret zurück. Das Riechsalzfläschchen hielt sie sicherheitshalber griffbereit in der Tasche ihrer Schürze fest mit einer Hand umklammert.
Lord Friedrich, welcher dann von seinem Sohn, dem jungen Lord, auf der Bank zwischen all seinen Blumenbeeten aufgefunden wurde, bekam ebenfalls von Matthias von Chambridge einen Kuss auf die Stirn, wie genauso seine Mutter vorhin. Mathilde holte wieder zu einem tiefen Knicks aus und sagte leise „Verzeihen Sie bitte, Eure Lordschaft.“
„Vater, wir werden ein paar Tage wegfahren, damit wieder Ruhe einkehrt hier auf dem Gut. Reden wir später noch einmal vernünftig miteinander. Vater, auf Wiedersehen.“ sagte der junge Lord Matthias von Chambridge noch.
Aus ein paar Tagen Wegfahren des jungen Paares, wurde dann ein ganzer Monat. Lord Matthias von Chambridge hatte sich angemeldet auf dem Gut seiner werten Eltern, zu dem Tag seiner Wiederkehr. „Wie werden wir wohl empfangen werden?“ sagte er leise zu seiner Mathilde. Und da hatten sie das riesige Anwesen auch schon erreicht. Mit sehr gemischten Gefühlen traten sie ein durch das erste wuchtige Tor und durchquerten den kleinen Innenhof, um zu dem zweiten, ebenfalls genauso wuchtigen Tor zu kommen. Keine Menschenseele war zu sehen oder zu hören. Durch den grünen Vorraum traten sie dann ein in das Castle und waren wieder von gespenstischer Stille umgeben.

Als sie sich jedoch der großen Empfangshalle näherten, sahen sie, dass diese hell erleuchtet war. Langsam traten sie näher, und Mathilde schmiegte ihre Hand fest in die Hand von dem jungen Lord.
Das was jetzt kam, hatten beide nicht erwartet. Ein großes Schild war angebracht worden über dem Eingangsbereich, auf dem zu lesen stand „Herzlich willkommen, Eure Lordschaften." Mathilde getraute sich die Hand ihres Gatten nicht loszulassen, solch eine schreckliche Angst hatte sie überkommen. In der mit frischen Blumen geschmückten Empfangshalle standen der alte Lord von Chambridge mit seiner Lady Margaret und etwas abseits im Hintergrund hielt sich die Haushälterin Maria auf.
„Guten Tag, lieber Vater und wir freuen uns auch dich zu sehen, meine liebe Mutter." sagte Matthias von Chambridge in die Stille hinein. Die Begrüßung fiel dann sehr herzlich und auch tränenreich aus. Lady Margaret, kam als Erste auf die beiden zu und reichte Mathilde die Hand. „Herzlich willkommen auf Gut Chambridge." sagte sie. Lord Friedrich reichte Mathilde ebenfalls seine Rechte und küsste sie dann ganz spontan auf beide Wangen.
Jetzt kam auch Maria auf die beiden zu und knickste vor dem jungen Lord. „Herzlich willkommen, Eure Lordschaft." sagte sie und wandte sich dann an Mathilde. „Herzlich willkommen, Eure Lordschaft." wiederholte sie und knickste auch vor Mathilde.
Da ging Mathilde einen Schritt auf die Haushälterin Maria zu und zog sie an beiden Händen aus ihrem tiefen Knicks empor. „Liebe Maria, für dich bin ich weiterhin Mathilde und bitte keinen weiteren Knicks vor meiner Wenigkeit." sagte sie lächelnd zu Maria. „Aber Eure Lordschaft, ich…." stammelte dann die alte Haushälterin Maria. „Nichts aber…., für dich bin und

bleibe ich Mathilde." wiederholte die junge Frau von Matthias von Chambridge.

So war alles zu einem guten Ende gegangen. Jetzt saß die ganze Familie vereint in der festlich geschmückten Empfangshalle. Lord Matthias von Chambridge saß neben seiner Mathilde in seiner Kapitänsuniform und Mathilde in ihrem langen, türkisen Kleid, welches um die Taille schon ein wenig weiter geschnitten war, saß glücklich neben ihm.

Aus Mathilde Bluesmoon war doch noch eine Lady Mathilde von Chambridge geworden und Matthias von Chambridge fuhr erst wieder zur See, als sein neugeborener Sohn, Friedrich Matthias von Chambridge in der Wiege lag. Worüber sich der alte Lord Friedrich sehr freute, dass sein erstes Enkelkind seinen Namen tragen durfte.

Der junge Lord, Matthias von Chambridge aber übernahm nach und nach seine Pflichten als Hausherr und Gutsbesitzer und seine Schiffsreisen als Kapitän wurden immer weniger. Er bekam ja auch schon nach wenigen Tagen auf hoher See fürchterliche Sehnsucht nach seiner Mathilde und natürlich auch nach „klein" Friedrich.

Der alte Lord und seine Lady Margaret bereuten ihre Entscheidung nicht, Mathilde zu einer Lady von Chambridge erhoben zu haben, denn Mathilde kümmerte sich rührend um ihre immer älter werdenden Schwiegereltern und natürlich auch um Maria, welche bald ihren Ruhestand auf dem Gut verbringen durfte und wiederum von einer anderen Haushälterin abgelöst wurde.

So hatte sich das Leben auf Gut Chambridge wieder zum Guten verändert und blieb fortan auch glücklich und zufrieden.

Übrigens, die Erste, die Lady Mathilde von Chambridge zum Tee einlud, war interessanterweise Lady Susanne vom Nachbargut, und…….es folgten noch viele andere Einladungen.